球形の囁《ささや》き

Hiroki
Nagaoka
長岡弘樹

双葉社

球形の囁き

目次

装画　カワタアキナ
装丁　大岡喜直（next door design）

緑色の暗室

1

忍び足で廊下を進み、母親の寝室の前で羽角《はずみ》菜月《なつき》は足を止めた。ドアに顔を近づけ、聞き耳を立てる。

啓子《けいこ》はまだ寝ているのだろうか。

様子を窺っていると、

「なにコソコソやってんの」

ドア越しに声をかけられてしまった。眠気と気怠《けだる》さをたっぷり含んでいるが、その裏側に鋭さも秘めた声だった。

「あんたの気配が気になって、かえって目が覚めちゃったじゃない」

「ごめん」

菜月はドアを開け、啓子の寝室に入った。

自分が高校に入学して最初の夏、つまりちょうど一年ぐらい前に、市内の民家で資産家の独居老人が殺される事件が起きた。いまこうして、啓子がゆっくり寝ていられるのは、先日になってようやく犯人が逮捕されたからだ。

杵坂《きねさか》警察署に連行されてきたその犯人は、かなりの異臭を放っていたらしい。なぜかといえば、老人を殺した場所が浴室だったせいだ。つまり、自宅の風呂を使おうとするたびに殺人の嫌な記憶がよみがえってしまい、浴室に足を踏み入れることができなくなったというわけだ。結局、事件以来、一度も入浴しなかったという。

捜査にあたった啓子は、最初の一か月ぐらいは署や近隣のビジネスホテルに泊まり込むことが多く、月の半分以上も家を空けていた。その後も、事件が解決するまでは、だいたい一週間に一日ぐらいの割合で家に帰ってこなかった。

——しかたないでしょ。〝流し〟は難しいんだから。

たしかに、今回のような資産家宅に押し入る強盗殺人事件、あるいは無差別の通り魔事件のような流しの犯行では、被疑者の特定が容易ではない。

反対に、それ以外の殺人事件なら、被害者の交友関係を洗いさえすれば、たいていすぐに犯人の目星はつく。それは本当にあっけないほどだという。

ただし、物証や目撃証言が出てこないために、その後の捜査が難航する場合が多い。そのような状態になったら、どうにかして被疑者の証言に矛盾点を見つけ、そこを突いて観念させ、自白や出頭に持ち込むしかなくなる。

啓子はベッドの上で上半身を起こした。「ところで、何か用なの」

「別に。ただ、もし母さんが起きていたら、『行ってきます』の挨拶をしようと思っただけ」

「どこへ行くんだっけ？」
「東津《たばつ》市のマンション」
「ああ、暗室を借りるんだっけか」
「そう」
「あんた、暗いところ怖くないの」
「ちょっと母さん、わたしがもう幾つになったと思ってんのよ」
「遅くならないうちに帰りなさい」

啓子は投げやりに手を振り、背中を向けてタオルケットを被った。

菜月は家を出た。

待ち合わせ場所である杵坂駅前には、すでに新聞部の仲間たちが三人来ていた。先輩が一人、後輩が二人。菜月が進学した県立宗武《そうぶ》高校は共学だが、男女の割合は三対七だ。部員はいずれも女子生徒ばかりで、男子のいるほかの部からは、男旱《ひで》りと陰口を叩かれている。

駅前の停留所から皆でバスに乗り、杵坂市の隣にある東津市まで行った。

目指すマンションは停留所で降りてから徒歩二分ほどの場所にあった。四階建て。三階までは一般的な単身者用の賃貸住居で、最上階だけ各部屋が貸事務所になっているようだった。

宗武高校には写真部がないし、そのせいで暗室もない。写真の現像を体験するには、新聞部の部費でレンタルの暗室を借りるしかなかった。

近隣のレンタル暗室をいろいろ探してみたが、最も低料金で使えるのが、このマンションの四階にある一室だった。四人分のバス代を含めても、杵坂市にあるどのレンタル暗室よりも安い。

　エレベーターで四階まで行き、角部屋の四〇一号室へ向かった。

【レンタル暗室】と分かりやすく表示プレートが出ているのを確かめ、菜月は、管理会社から借りておいた鍵を差し込んだ。

　この部屋を利用できるのは、午前十時から午後二時までだ。

　玄関で持参した室内サンダルに履き替えて中に入ると、内部は二部屋に分かれていた。手前が暗室。その向こうに、ぎりぎり四人ほどが入れる狭いリビングがある。

　リビングにはベランダが付属していた。

三階以下にある一般住居の間取りを、強引に改装して造った部屋に違いない。

　ベランダは南東に向いている。日当たりも眺めもよさそうだ。ちょっと出てみようかという気になり、菜月は掃き出し窓を開け、備え付けのサンダルに履き替えた。

気をつけながら柵から上半身を乗り出し、興味半分に真下を覗いてみると、三〇一号室のベランダが見えた。

柵の上部には、手すりとほぼ同じ高さぐらいに、鉢植えが幾つも並んで吊り下げられている。

ああしておけば、ベランダの床に置いておくより、ずっとよく日光が植物の葉に当たるに違いない。

　それを見るともなしに眺めているうち、三〇一号室の住人のものだろう、半袖の服から伸びた白くて細い腕が視界に入ってきて、いま新たに一つ、朝顔の鉢植えを手すりに吊り下げたところだった。

下に向けていた顔を上げ、菜月は空を仰ぎ見た。本当に今日はよく晴れている。県内の天気予報によれば、夕方までほぼ無風の状態が続くようだ。

菜月は肩にかけていたサコッシュを開いた。持参した一コマ分にカットされたネガフィルムを取り出し、太陽にかざしてみる。

母の写真だ。こうして蒼天の下で見てみると、若い頃の啓子の笑顔はいっそう魅力的だった。これは家で密かに見つけておいたネガだ。今日、せっかくだから暗室を使える機会を利用してプリントしておく。そして何かの折に、メッセージ入りのグリーティングカードでも添えて母にプレゼントしてやれば、きっと喜んでもらえるはずだ。

メッセージは、少し甘えた感じでもいいかもしれない。もっと一緒に過ごそうね、とか……。

「菜月、始めるよ」

先輩に呼ばれ、

「いま行きます」

そう応じた次の瞬間、菜月は、あっと声を上げていた。室内を振り返った拍子に、指先で持っていたネガを落としてしまったのだ。

急いで柵の手すりに取りついた。その動きが素早かったため、真下へ落ちていくネガの行方を目で追うことができた。

地面まで落ちていくのかと思ったが、そうではなかった。行きついた先はすぐ下の階である三〇一号室のベランダだ。手すり近くの高さに吊り下げられた鉢植えの一つに落ちたのだと分かった。ついさっき住人の手が吊り下げたばかりの朝顔、その葉の上にネガは載っている。

「どうしたの」

　こちらの慌てた様子を察したらしく、先輩が訊いてきた。

「いえ、何でもありません」

　面倒を持ちかけて仲間に迷惑をかけるわけにはいかない。ネガはあとで取りに行くことにして、菜月はベランダ用のサンダルを脱いだ。

2

　暗室から出たのは、午後二時ぎりぎりのことだった。初めての作業にひたすら夢中になっていたため、菜月もほかの三人も、昼食をとることすら忘れていた。

　四〇一号室を引き払う前に、菜月はまたベランダに向かった。眩しさを我慢しつつふたたび手すりから身を乗り出し、薄目で三〇一号室のベランダを見やる。

　四時間前には朝顔の葉の上に載っていたネガが、いまはもうなくなっていた。

「じゃあ、引き上げようか」

　先輩の声で四〇一号室を後にした。

　一緒にファミレスに行かない？　そう先輩に誘われたが、菜月は「すみません」と頭を下げた。

「ちょっとほかの用事があるんです」

最初の曲がり角まで一緒に行き、バス停の方へ戻っていく仲間たちを見送ったあと、菜月はまたマンションの前へと引き返した。

朝顔の葉に載っていたネガは、風に吹かれて飛んだのではないか。だとしたら、近くの地面に落ちているはずだ。たかがネガ一枚とあきらめてしまう気にはなれなかった。捜さなければ。

そう考え、マンション前の路上で腰を屈めたが、見つけられなかった。

もしかしたら、あのネガはベランダの内側へ落ちたのかもしれない。いや、今日の天気予報では「夕方までほぼ無風」と言っていた。ならば葉から滑り落ちたのではなく、三〇一号室の住人が見つけて保管しているのではないか。

菜月はまた建物の中に入った。階段で三階へと上がる。

三〇一号室の前まで行くと、表札には【林原《はやしばら》】と名字だけが出ていた。下の名前を出していないのは、女性の一人暮らしだからだろうか。

思い切ってチャイムを押した。数秒後、スコープから覗かれる気配があり、ドアが開いて住人が顔を出した。

予想したとおり女性だった。歳は二十六、七だと思う。小柄で目元のぱっちりした人だ。意外なことに、この顔には見覚えがあった。誰だったろうと記憶をたどったところ、すぐに思い出すことができた。

いまから五年ぐらい前、自分が杵坂市立第七小学校の児童だったころに出会った。六年生のとき、クラスに教育実習生として来た人だ。担当科目は理科で、名前はたしか林原咲弥《さや》といったはずだ。

「失礼ですが、咲弥先生、ですか」

向こうもこっちを覚えているようだった。目を見開き、

「ええ。やっぱり羽角さんね。羽角菜月さんでしょ。杵坂七小、六年二組の」

「そうです！」

名前まで覚えてもらえていたことに、思わず感激してしまった。

「久しぶり。どうしてここへ？」

菜月が事情を説明すると、咲弥は、思ったとおりだ、といった顔で頷いた。

「どうぞ、入って。羽角さんが捜してるものは、この部屋にあるよ」

「やっぱりそうでしたか。お邪魔します」

部屋に通された。先ほどの暗室は改装されてリビングが狭くなっていたが、元の部屋なら、十畳ほどもありそうだ。

リビングのテーブルに向かい合って座ると、咲弥は紅茶を淹れながら、こちらの胸元に視線を向けてきた。

「その制服は、宗武高のかな」

「そうです」

「上の暗室を使ったってことは、写真部に入ってるの？」

「ちょっと違いまして、新聞部なんです」

「へえ。じゃあ暗室を借りたのも記事作りのためなんだ」

「はい」

次に発行する学校新聞の特集企画は、「フィルムカメラを見直そう」だった。同じ被写体をフィルムとデジタルの両方で撮影し、前者にしかない利点と味わいを紹介する、というのが記事の趣旨だ。

「現像の仕方をぜんぜん知らなかったので、とても新鮮な体験でした」

そう答えながらベランダを見やり、菜月は驚いた。

柵の手すりには鉢植えが何個も並んでいる。それは先ほど上から見たとおりなのだが、いまはどの植物も丸裸になっていた。葉が全部むしり取られているのだ。

「さてと、捜し物はこれだよね」

咲弥はビニールの小袋を差し出してきた。

「朝顔の葉っぱに載っていたのを見つけて、ちゃんととっておいたよ」

袋の中に入っている茶色の四角形のものは、落としたネガに間違いなかった。

「本当に助かりました。ネガに何が写っているか、ご覧になりましたか」

「うん。ごめんね、見ちゃった。女の人だよね。もしかして、羽角さんのお母さんじゃない？顔が似ているみたいだったから」

「正解です。——先生は今朝の十時ごろ、朝顔をベランダに並べましたよね」

「そうなの。天気予報では、今日の未明から早朝にかけて強い風が吹く、なんて言ってたから、念のため昨晩からずっと部屋の中に入れていたわけ。出したところを上から見てたの？」

「はい。先生の手だけがちらりと見えました。そのすぐあとに、このネガを落としちゃったんです」

「そうなのね」

　咲弥は一瞬、考え込む素振りをみせた。

「わたしは今日、この部屋から一歩も外へ出ていないのよ。で、十一時ごろ、朝顔の葉にネガが載っかっているのに気づいたの。最初は何だろうと思ってびっくりしたけど、上がレンタルの暗室だって知っていたから、誰かが落としたんだろうと見当がついて、そのうち捜しにくるかもと思って保管しておいたわけ。その誰かが羽角さんだったなんて、不思議な縁ね」

「本当にそう思います。――ところで先生が教育実習生のとき、わたしたちが教わったのは理科でしたよね」

「そう。わたしの専門科目だったから。ほかの学校では、全科目を教えなさい、なんて無理を課してくるところもあるみたいだけれど、杵坂七小の場合は一科目だけでいいから助かった」

「そうだったんですね。実は、次の次にやる特集記事を任されて悩んでるんです。先輩からは、理科の実験に関する記事を書いてみろと言われていますけど、どんな題材を選んだらいいか、なかなか決められなくて。――咲弥先生、こんなふがいない教え子に、よかったらアドバイスをいただけませんか」

「じゃあ、電池づくりにでも挑戦してみる?」

「すみません。電気関係はちょっと苦手です」

中学生のとき、抵抗だのオームだの回路だのと習ったが、まるで理解できなかったのは苦い記憶だった。理科で得意な分野は生き物に関することぐらいだ。植物の生態になら特に興味がある。

「じゃあ、ちょっと考えさせてね」

咲弥はしきりに紅茶を飲んだ。無理に自分を落ち着かせているかのように見える仕草だった。

「あの、先生」菜月も紅茶のカップに口をつけてから言った。「一つ訊いてもいいですか」

「遠慮なくどうぞ」

菜月はベランダを手で指し示した。

「どうして急に鉢植えを裸にしちゃったんですか」

葉をむしり取られた鉢植えの植物たちは、見るからに寒々しい。

ベランダの床にはゴミ袋が置いてあった。半透明の材質を通し、その中に、枝から切り離された葉が何枚も入っているのが分かる。

「ああ、あれね」

咲弥も背後にあるベランダを振り返り、居心地が悪そうに一つ体を揺すった。

「自分でもよく分からないのよ。お昼ご飯を食べたあと、急に植物の世話をするのが面倒に思えちゃってね。もう育てるのをやめるっ、て決心したの。それでついさっき、羽角さんがここへ来る直前に、全部むしり取っちゃった」

「そうでしたか」

　菜月は頷いてみせたが、咲弥の答えには納得できなかった。

　教育実習生の時分から彼女は植物が好きだった。担任の許しを得たうえで、六年二組の教室にも自分で花瓶に挿した切り花を持ってきていた。それほどの人が「急に世話をするのが面倒になった」などという心境になるものだろうか。

「先生は、いまどうされているんですか」

「おかげさまでね、ちゃんと教員になれましたっ」

　菜月は拍手を送った。

「いまの赴任先も杵坂七小で、五年生の担任をしているよ。——たまに羽角さんも古巣へ遊びにいらっしゃい」

「そうしたいです。卒業以来、一度も足を運んでませんから」

「明日の日曜日にはね、学校を一般市民に開放して児童の自由研究展示会をやるの。昨日はその準備で忙しかったのよ。夜遅くまでかかって疲れちゃったから、今日はこうして自宅で骨休めってわけ」

　咲弥は背伸びをした。

「それから、理科室では親子科学相談室っていう企画も開催するの。これも誰でも参加できるイベントでね、わたしが担当者になって、理科系の自由研究に関する相談を受けつける予定。朝の十時から夕方の五時までやってるから、ぜひお母さんと一緒に遊びにきてみて。車で来ても大丈夫だよ。グラウンドを駐車場として開放するから」

「そうですね。もし何も事件が起きなかったら、母を引っ張り出してみます」

「……事件がなければ？　それはどういう意味？」

「母は警察官で、刑事をやってるんです」

ティーカップを口に運ぼうとしていた咲弥が、いきなり手を止めた。強く見つめ返してくる。本気で驚いたような顔だった。

「本当に刑事さんなの？」

「ええ。しかも泥棒とかじゃなくて、殺人なんかの強行犯を担当する方の、です」

咲弥の顔が強張るのがよく分かった。珍しくはないことだ。犯罪とは無縁でも、刑事という言葉に拒絶反応を示す人はけっこういる。

「じゃあ、そろそろ失礼します。ごちそうさまでした」

ティーカップを置いて立ち上がった拍子に、ふと思いついたことがあり、

「そうだ」

菜月は軽く手の平を合わせ、ベランダに置かれた葉の入ったゴミ袋を再び見やった。

「あの袋に入っているのは、さっきまで鉢植えの植物に生えていた葉だっておっしゃいましたよね」

「ええ、そうだけど」

「すると、もう捨てるだけですか」

「うん。そのつもりだった」

「では、あの袋ごともらっていってもいいでしょうか」

「何か思いついたみたいね。どれぐらい欲しいの」

「まあ、両手でひと掬《すく》いした分ぐらいあれば十分ですけど、要らないのでしたら袋ごともらっていきます」

「駄目だよ。あの袋をあげるわけにはいかない」

まさか断られるとは思っていなかったため、菜月は戸惑った。

すると咲弥も立ち上がった。クローゼットを開け、何やらごそごそやっていたかと思うと、こちらを振り返ったときには手に箱を持っていた。

元はパンプスでも入っていたのだろうか、ちょうど女性ものの靴が一足分収まるぐらいの緑色の箱だった。

「だってゴミ袋じゃあ中が透けて見えちゃうから、持ち帰るのに恥ずかしいでしょ。ちょっと待ってて、いまこの箱に詰め替えてあげるから」

3

午後四時過ぎ。菜月が帰宅しても、啓子は寝室から出てこなかった。

ただ横になっているのか、本格的に睡眠をとっているのか。どっちなのか分からないが、ドアの向こう側は静まり返っているから、いまだベッドの上でじっとしていることは確からしい。

啓子の寝室に物音が届かないよう、菜月はそっと、リビングで行動を開始した。

まず台所から耐熱グラスを幾つか持ち出してきた。

そして電気ポットのスイッチを入れる。

湯を沸かしているあいだ、洗面所に行き、消毒用のエタノールとうがい薬も持ってきた。

咲弥から渡された緑色の箱を開ける。

重なり合った何枚もの葉の中から、一番上にある一枚を取り出した。ほぼ楕円形をした面積の広い葉だ。これはたぶんアジサイだと思う。

そうしているうちに電気ポットの湯が沸いた。耐熱グラスに入れた葉に熱湯をかけ、一分間ほど待つ。

それから葉を別の耐熱グラスに入れ替え、そこへエタノールを葉が全部浸るぐらいまで注いだ。

それまでの行為は逐一デジカメで撮影しておいた。

実験を続けるには、葉をエタノールに浸したままの状態で三十分ほど待たなければならない。

腕時計のアラームをセットしてから、菜月はいま読みかけの文庫本を開いた。

リビングの入り口に人の気配を感じたのは、そのときだった。

見ると、いつのまにか啓子がそこに立っていた。パジャマを着たままだ。髪には寝癖がついている。昨晩からかなりの時間眠ったはずだが、表情から察するかぎり、まだ完全には疲労が抜けきっていないようだ。あるいは、寝すぎてかえって疲れてしまったのかもしれない。

しかも刑事の習性というやつか、あるいは職業病とでも言うべきか、こんなときでも手には携帯電話を握り締めている。

「……母さん、おはよう。じゃない、こんにちは。っていうか、もうすぐ夕方だから、こんばんは、でもおかしくないかな」

「また妙な真似を始めたわね。今度は何をやらかす気なの」

「実験だよ」

「何の？」

「ヨウ素デンプン反応」

そう答えると、啓子は眉間に小さな皺を作った。

「母さんも昔、学校で習ったでしょ」

「ああ、たぶんね。——で、実験はうまくいったの」

「まだ分からない。あと三十分待たないと」

啓子はパジャマ姿のままリビングの椅子に座った。

菜月は文庫本を閉じて立ち上がった。母親のためにコーヒーを淹れてやる。

「ありがと。——このなんとか反応ってやつも、新聞部の活動としてやってるわけ？」

「当たり。次の次はわたしが特集記事の担当者だから、何か実験をやって、それを記事にしようと思ってね」

「面白そうじゃない」そう言う啓子の口調はつまらなそうだった。「で、暗室での作業はどうだったの？」

「うん。おかげさまでちゃんと記事になりそう。ただ、文章を書くのは先輩で、わたしと後輩たちは、ただの手伝いなんだけれどね。――そういえば、レンタル暗室のあるマンションで意外な人に会ったよ」

「誰？」

「小学校のとき教育実習に来てた人。林原咲弥先生っていうんだけど。いまは教師として七小で教えてる。専門科目は理科」

　四階からネガを落としてしまったこと、それが真下のベランダに並べられた鉢植えに落ちたこと、その部屋の住人が偶然にも咲弥だったことも教えてやった。明日、七小でイベントをやるから、よければお母さんと一緒に来て、と言われたことも付け加える。

「先生の部屋って、どんな感じだった？」

　そんな点が気になるのも刑事の習性だろうか。

「植物の鉢がたくさん置いてあったよ。ベランダに柵がついてるでしょ。その手すり部分の高さに鉢を吊り下げて、できるだけ日光が当たるようにしてた。朝顔とアジサイと、あとはよく知らない植物がいっぱい。ただし、最初に見たときは、っていう限定つきだけどね」

「どういう意味よ、それ」

「あのね、先生は今日、朝からずっと部屋にいて植物の手入れをしていたんだけど、午後になったら急にそれが面倒に思えてしまったんだって」

「それで？」

「それで、せっかく育てた植物の葉っぱを全部むしって取っちゃった。嘘みたいだけど本当の話だよ」

啓子の目つきが変わったように思えた。何か思うところがあったらしく、視線をコーヒーカップに落としたきり、口を開く気配がない。

「ちょっと変だよね。まさに奇行って感じ」

菜月が水を向けると、ようやく啓子は視線を上げた。

「まあ、精神的に不安定なのは確かかね」

「うん。たぶん学校で嫌なことがあったんじゃないかな。学級崩壊とか」

「……そうかも」

「でね、葉っぱがただ捨てられるのはもったいなかったから、わたしがもらってきた」

菜月は緑色の箱をもう一度開け、中身を啓子に見せた。

「なるほどね」

啓子の視線が、コーヒーカップからテーブル上の実験器具へと移った。

「先生が捨てようとした葉っぱを見て、あんたは、自分が担当する記事ではそれを利用した実験を何かやってみよう、と思いついたわけだ」

「そのとおり」

「だけど、ヨウ素デンプン反応だっけ？　それってどういうの？　母さん、ほとんど忘れちゃってるから、簡単に解説してくれないかな」

さっきは寝起きのせいかあまり関心のなさそうな様子だったが、コーヒーで眠気が覚め、頭がしゃきっとしたら興味が湧いてきたのかもしれない。啓子はテーブルに身を乗り出してきた。

「植物の葉っぱって、光合成でデンプンを作るよね」

「うん。日光の当たった部分にそれができるんでしょ」

「ちゃんと覚えてるじゃない。じゃあデンプンって、ヨウ素液につけると何色に変わるか知ってる？」

「あんた、大人を馬鹿にしてんの」

「いいから答えて。何色？」

「……忘れた」

「青紫色」

ああ、そうだった。啓子は顔をしかめて頭を軽く掻いた。

「要するに、日光に当てたあとの葉っぱをヨウ素液に浸すと青紫色になる。それがヨウ素デンプン反応だよ」

「それは言い換えると、ヨウ素液を使って葉にデンプンが含まれているかどうかを調べるための実験、ってわけでしょ？」

「そういうこと」

「だとしたら、ただ葉っぱをヨウ素液に浸すだけでいいんじゃないの」啓子は目の前の耐熱グラスに目をやった。「こんなふうに、エタノールに浸けておく必要はある？」

「あるよ。葉緑素を抜くためにね」

「そっか。葉に緑色の色素が残っていると色の変化がはっきり分からないから、ヨウ素液に浸す前にエタノールでそれを除去しちゃうわけね」

「正解。その作業をいまやってたところ」

　単にエタノールに浸すより、その前に熱い湯につけた方が、より完全に葉緑素が抜けるらしい。そう本に書いてあったから、ちゃんとそうした手順を踏んだ。

「どれぐらい待たなきゃいけないわけ？」

「三十分」

「けっこうかかるのね」

「しょうがないよ。――では講義をしてあげた謝礼として、母さんには手伝いをしてもらいます。そのうがい薬のキャップをあけて、中身をちょっとだけこれに入れてください」

　菜月は啓子の前に空のグラスを押しやった。

「しょうがないわね」

　啓子が面倒くさそうな手つきで言うとおりにする。

「次にそれを水で薄めてください」

「うがい薬にはヨウ素が入っているから、これをヨウ素液として使うわけね」

「そうです」

啓子が足した水の量からすると、だいたい十倍希釈ぐらいだ。ちょっと薄すぎないかと心配になったが、とりあえず、この溶液でやってみることにする。

腕時計のアラームが三十分の経過を告げた。

葉緑素がうまく抜けたようだ。透明だったエタノールは、いまではかなり濁っている。長いあいだ掃除をしなかったプールのような色だ。

葉っぱを取り出してみると、こちらの方は思ったとおりだいぶ白くなっていた。

今度は菜月が台所のシンクで、白くなった葉を水洗いした。そうしてエタノールを落としてから、啓子に作ってもらったヨウ素液に浸す。

「そうやって、今度は何分待てばいいわけ？」

「これも三十分」

「へえ。暇人じゃなきゃできない実験だわ」

うんざりした顔で啓子がテーブルに突っ伏した。

同時に、彼女の携帯電話が着信音を立てた。まさに鳴り響いたという表現がぴったりだった。

事件だ。そう菜月は直感した。誰かが殺されたのだ、と。殺人事件の場合、それを知らせるコール音は、ほかの用件よりも大きな音量に感じられるのだ。この第六感は実によく当たる。

がばっと啓子が跳ね起き、端末を耳に当てた。

「はい……。ええ……。そうですか、分かりました」

口調からして上司からの連絡だと知れる。

携帯を持っていない方の手で、啓子はこっちに向かって合図を送ってきた。これからしばらく帰ってこられなくなるから、泊まり込みの準備を手伝ってくれ。そういうサインだ。

ということは、やはり殺人だ。今回も第六感は的中したわけだ。

菜月も椅子を蹴るようにして立ち上がった。

まだ啓子が連絡を受けているあいだに家の中を走り回り、着替え、洗面用具、簡単なメイク道具、携帯電話の充電器などをバッグに詰めてやる。

「今度はどんな事件なの？」

通話を終え、着替えも済ませた母親を玄関まで送りだしつつ、菜月は訊いた。

「民家で殺し。被害者は女性。二十七歳」

公務員には、もちろん家族に対しても守秘義務が課せられている。だが出動準備を手伝ってもらった手前、ごく大雑把な情報であれば、啓子は渋々ながら教えてくれるのだった。いつものことだ。

「死亡推定時刻は？」

本職の新聞記者になったつもりで食い下がってみた。

「今日の午前十一時」

ちょうど、咲弥が朝顔の葉にネガを見つけた時刻か。

啓子の運転する車が自宅車庫を出ていく。菜月の腕でふたたび時計のアラームが鳴ったのは、それを見送った直後だった。

小走りでリビングに戻った。薄めたうがい薬の中から葉を引き上げてみる。

そしてがっかりした。葉は、染まったことは染まった。だが、青紫ではなく薄汚い茶色だ。期待したような発色ではない。完全に失敗だった。

4

電話が鳴っている。

菜月は目をつむったままベッドから下りた。それまで何か夢を見ていたはずだが、コール音に起こされた瞬間に忘れてしまっていた。

【ケイコ】——電話機に表示されている発信者を、ぼやけた視界の中で確かめながら、受話器を取り上げた。

《起こしちゃったかな。悪かったわね。菜月、あんた今日、何か予定あったっけ？》

「……別に」

期末テストが近くなってきたから、嫌でも授業のおさらいをしておかなきゃいけないかな。今日のスケジュールに関しては、そんなふうに漠然と考えていた程度だ。

《じゃあさ、今日はちょっと空けといてくんない？》

口調から察するに、母のテンションはやや高めだ。おそらく徹夜をしたからだろう。

「別にいいけど……。でも何で？」

《とにかく母さんに付き合ってよ。いまから帰るから。あんたもさっさと朝ごはんを食べて、出かける準備をしといて。いい？》

「分かった」

そう返事をした途端に電話は切れた。

時刻を確認すると午前九時きっかりだった。

テレビを点けてみた。ちょうど全国ニュースが始まったところだ。画面には一軒の家が映っている。外壁が緑色の小さな住宅だ。

《昨日の夕方、＊県杵坂市の民家で、この家に住む女性が死亡しているのを、訪ねてきた親類が見つけました。死亡した女性は武井《たけい》翠《みどり》さん、二十七歳で、警察の発表によりますと、昨日午前十一時ごろ、何者かによって鈍器で頭部を殴られ、殺害されたと見られています。金品が盗まれた形跡がないため、警察は怨恨による犯行と見て捜査を進めています》

これがいま、啓子が追いかけている事件に違いない。

キッチンでトーストを一枚だけ焼いた。ついでに目玉焼きぐらいは作る。

簡単な朝食をとりながら、妙だなと思った。母は昨日の夕方、事件発生の知らせを受け、職場である杵坂署へ飛んで行った。殺人事件だ。こうなると、解決の目途がつくまで帰ってこないのが普通なのだ。

だが、今日は「付き合ってくれ」という。いったいどこへ？　仕事は、捜査はどうなった？　やらなくていいのか？

もしかしたら、何か重大なヘマでもしでかして、担当を外されてしまったのだろうか。それでヤケを起こし、娘を連れてどこかへ遊びに行こうとでもしているのか。

そんなことを半ば本気で考え始めたとき、玄関口に人の気配があった。啓子が帰ってきたようだ。

キッチンに入って来た母の顔は、昨日見たときよりもシュッと細くなっていた。寝すぎによるむくみが取れたせいだ。

「母さん」トーストの皿を食洗機に入れながら訊いてみる。「徹夜したんじゃないの？」

「まあね」

そのわりに、あまり疲れているように見えないのは、その前にかなり長く眠ったからだろう。

「それより何より」啓子は大股で近づいてきた。「実験の結果はどうだった？」

「実験？　何のこと」

「あんたが昨日取り組んでいた実験に決まっているじゃない」

ヨウ素デンプン反応のことか。

「失敗しちゃった。うまく染まらなかった」

「使った用具はどうしたの。まだリビングに置いてある？」

「うん」

昨日、あれからもう一度やり直そうかと思ったが、結局面倒くさくなってしまった。容器や薬品など準備したものは全部、デパートの手提げ袋に入れた状態で、部屋の隅に放置してある。

「そう。続きをやらなくてもいいの？　学校新聞の記事を書かなくちゃいけないんでしょ？　手伝ってあげるよ」

「手伝ってあげるって……。あのね、ちょっと訊きますけど、肝心の昨日起きた殺人事件は解決したの？」

啓子は首を横に振った。

「だったら、母さんにそんな余裕はないでしょ」

「心配はご無用。一時的な骨休めよ。刑事にも息抜きが必要だからね」

「まさか。仕事をサボってるんじゃないよね」

「変な心配しないの。ちゃんと課長の許可はもらってきたから大丈夫」

「じゃあいいけど……」

「さ、早く実験道具を持ってきて。わたしは先に車で待っているから」

「えっ、あれを持って、どこかへ出掛けるってこと？」

「そうだよ」

どこへ？　そう訊く前に啓子はもう背中を向けていた。

いったい何を考えているのか。訳が分からないまま、とりあえず菜月は急いで歯を磨き、リビングに置いてあったデパートの手提げ袋を持って外に出た。

助手席のドアを開けたとき、不思議と気持ちが浮き立っている自分をはっきりと感じた。

――今日は一緒に過ごせる。

菜月が助手席に座るやいなや、啓子は車を発進させた。

「目的地はどこなの」

「すぐに分かるよ。せっかく誘ってもらったんだもの、応じなきゃ失礼でしょ。娘がお世話になった人に会ってみたいし」

その言葉でやっと行先の見当がついた。

思ったとおり、啓子が向かった先は杵坂市立第七小学校だった。

菜月はダッシュボードの時計に目をやった。午前十時をちょっと過ぎたところだ。自由研究の展示会は開始時刻を迎えたばかりだから、グラウンドに停まっている車はまだ一台もなかった。この二人が一番乗りだ。

【自由研究展示会をご覧になる方は、児童用昇降口からお入りください】

立て看板の案内に従い、昇降口で来客用のスリッパに履き替える。

廊下にはパネルがずらりと並べられ、そのどれにも大判の用紙が掲示してあった。これが各学年の児童たちが授業で行なった自由研究の成果だ。

【学校の庭にある石の種類】、【教室から見えた雲の形のいろいろ】、【いじめをなくすためにできること】……。研究をまとめた用紙には、そんなタイトルが躍っている。

理科室に入ってみると、そこには咲弥がいて、机の上を雑巾で拭いているところだった。

「おはようございます」

菜月が声をかけると、咲弥はこちらを振り返った。顔色がすぐれない。額や頬が血の気を失っている。目の下に薄く隈もできていた。

「ああ、羽角さん。本当に来てくれたんだ。ありがとう」

「菜月の母です。その節は娘がお世話になりました」

啓子の挨拶に、咲弥は傍目《はため》で分かるほど身を硬くした。

「お噂は羽角さんから聞いています。刑事さんでいらっしゃいますよね」

「ええ。でもいまはオフです。実はこうしてお邪魔したのは、娘の実験についてアドバイスを頂戴しようと思ってのことなんですよ。先生は理科が専門だと、菜月から聞きましたから」

啓子の目配せを受け、菜月は持ってきたデパートの紙袋を机に載せた。

咲弥はその中身をちらりと見やった。それだけで、いま啓子の言った「実験」がどんなものであるかを理解したようだった。

「なるほど。昨日、菜月さんが葉っぱをほしがったのは、ヨウ素デンプン反応を見るためだったのね」

「はい。ですけど上手《うま》くいかなくて。ちゃんと染まらなかったんです」

「困ったね。どんなふうにやったの？」

菜月は昨日行なった手順を、言葉で一つ一つ説明していった。

咲弥は顎に手を当て、しばらく考えてから言った。

「たぶん、ヨウ素液の濃度が高すぎたんじゃないかしら。あまり濃くしすぎると反応が出ないのよ。たしかにうがい薬で十分に代用できるんだけど、その場合はうんと薄く作るのがコツ。十倍じゃ濃すぎると思う。二十倍希釈ぐらいにしてやってみるといいよ」

「ちょっとすみません」

ここで啓子が一歩咲弥に近づき、緑色の箱を手に持った。

「先生のおっしゃるとおりだとは思いますけど、実験が失敗した理由としてほかに、光合成が不十分だったから、とは考えられませんか。つまりデンプンの量が足りなかったから、とは」

咲弥は、言っている意味がよく分かりませんが、という顔をした。

「昨日の様子を娘から聞いたんですけど、たしか先生は、一晩部屋の中に置いておいた鉢植えを、午前十時ごろベランダに出したんですよね」

「ええ」

「そして『急に育てる気がなくなったから』とおっしゃって、午後二時ごろには葉を全部むしってしまわれた」

「……そうです」

「つまり日光に当てていた時間は約四時間ですね。二百四十分。この時間でヨウ素デンプン反応の実験をするのに十分な量のデンプンが生成されますか」

「されます。一晩暗いところに置かれた葉にはデンプンがほとんどありませんが、四時間も日光に当てれば、この反応実験をするのに十分な量が生成されるはずです」

「分かりました。では一時間ではどうです？」

「それでは少なすぎます。わたしの経験ですと、ヨウ素で検出できるほどのデンプンを作るには、どんな植物でも三時間は必要です」

「そうなんですね。——ところで、枝からむしったあとでも、こうして暗い箱の中に保管しておけば、葉に蓄えられているデンプンの量に変化はありませんよね」

「ええ。植物本体から切り離されていますから、それが消費されることはないはずです。ですから量に変化はないと思います。ただ、あまり日数が経ちすぎると、どうしたって葉も劣化して変質しますから、その場合はデンプンも消失してしまうかもしれません」

「分かりました。では——」

啓子は、咲弥の目の前で箱の蓋を開けた。そして葉を一枚指先で持ち、咲弥の前に掲げてみせた。

「家に帰ったら、できるだけ早めにこれで実験してみます」

啓子が手にしているのは朝顔の葉だった。

そのやりとりを、母の斜め後ろから見ていた菜月は、おやっと思って咲弥の顔に目を向けた。いつの間にか、彼女の顔はいっそう蒼白になっていた。頬が異様なほど強張っている。

「どうされました、林原先生」

「咲弥先生、気分でも悪いんですか」

啓子と同時に菜月も声をかけたが、咲弥は返事をしなかった。その代わり、

「ちょっと失礼します」

消え入りそうなほどか細い声を残し、おぼつかない足取りで理科室から出ていってしまった。

5

今日も空は朝からよく晴れているが、頭の中は曇りっぱなしだ。授業の内容が右の耳から左の耳へただ抜けていくまま、いつの間にか放課後になってしまった。

土曜日に活動したから、月曜日の今日、新聞部は休部となった。

帰宅の途についても、考えるのは咲弥のことだった。彼女の様子が気になってしょうがない。

昨日、第七小学校から帰宅すると、啓子はまたすぐに仕事に出かけてしまった。しかもデパートの紙袋を車に積んだままで。こうなるとヨウ素デンプン反応の実験ができず、したがって記事を書くこともかなわなかった。

夕方近くになって、七小の事務室に電話をし、咲弥の様子について訊ねてみたところ、

《林原先生は急に体調を崩され帰宅しました。今日はもう戻りません》

それが応対した事務職員の答えだった。

いくら心配しても、自分にできることは何もない。急病だとしたら回復を祈るだけだ。

自宅に帰り着いた。今日も無人の家だった。啓子からは昨晩、【署に泊まる】と短いメールで連絡があった。

菜月はリビングに入り、テレビを点けた。武井という女性が殺された事件の捜査に、何か進展があったかもしれない。

午後五時のニュースが始まった。

《一昨日、＊県杵坂市で武井翠さんが殺害された事件について、今朝早く、杵坂警察署に二十代の女が自首してきました。取り調べの結果、容疑が固まったとして、同署は先ほどこの女を殺人の容疑で逮捕しました》

ほっとした。これでもうじき母も戻ってくるだろう。

そのとき玄関の鍵が開錠される音がした。「ただいま」と聞き慣れた声が続く。

菜月はテレビを消し、リビングを出て母を出迎えた。

土間に立った啓子は手にデパートの紙袋を持っていた。

「お帰りなさい。――ちょっと驚いた。いまニュースで犯人が捕まったって言ってたから、もうじき母さんが戻ってくるとは思っていたけど、こんなに早いなんて」

犯人を捕まえたとはいえ、まだ送検という大仕事が残っているはずなのだ。

「心配しなくていいの。わたしは担当から外してもらったから、今度こそ遠慮なく骨休めができる。――さ、実験の続きをしましょうか」

啓子はデパートの紙袋を掲げてみせた。

「また付き合ってくれるの」声が勝手に弾んだ。

「そうだよ。嫌なの？」

「そんなわけないでしょ」

「では早速だけど、菜月、今度はあんたがヨウ素液を作ってくれる？　昨日、咲弥先生に教えてもらったとおり、うんと薄めにね」

勢いよく頷くと、菜月はコップにうがい薬を入れ、目分量で原液に対して約二十倍の水を注いだ。

「母さんもね、この実験にはすごく興味があるんだ。そこで菜月に内緒で、今日の昼間のうちに、新たにこんなものを準備してみたのよ」

啓子は紙袋の中から二つの葉を取り出し、並べてテーブルに置いた。どっちも朝顔だ。ただし、色はかなり薄い緑に変色している。

「見て分かるとおり、この二枚はもう葉緑素を抜いてある」

「そうみたいだね」

「菜月の方から見て、右側をＡ葉、左側をＢ葉と呼ぶことにしようか」

「分かった」

ここで啓子は右手を持ち上げた。いつの間にか、親指と人差し指で何か小さな四角いものを持っている。

一コマ分にカットされたネガフィルムだ。写っているのは菜月自身らしい。ただし、かなり幼い。小学校低学年の時分に、いまは亡き父親が撮影してくれたものかもしれない。

「このネガを見てごらん。暗いところと明るいところがあるよね。もちろんその中間の部分もある」

「うん」

啓子は、そのネガをA葉の上に置いた。

続いてもう一枚のネガを取り出した。どこかで複製してきたらしく、写っているのはA葉に載せたものとまったく同じ菜月の姿だ。

その二つ目のネガを、啓子はB葉の上に置いた。

「まずこっちに注目して」

啓子の指先がA葉に向けられる。

「実はA葉には、今日の昼間、こうしてネガを載せた状態で日光を四時間当ててある。――さて、ここで質問です」

啓子は急に口調をおどけたものに変えた。

「A葉をいまからヨウ素液につけたら、どうなるでしょうか？」

「ええと」

菜月は慎重に言葉を発しながら、少しずつ答えを見つけていくことにした。

「ネガの色が薄い部分と濃い部分で、日光の当たる強さに違いが出るよね」

「うん」

「だから同じ一枚の葉でも、それに応じて作られるデンプンの量が場所によって違ってくると思う」

つまりネガの色の薄い部分ではデンプンが多く作られ、濃い部分では少なくなっている、ということだ。これをヨウ素液に入れると、葉はどう染まるか……。

「分かった。答えは『葉っぱの上にネガが写真として現像される』だ！」

「さあ、どうでしょうか。では実験してみます」

啓子はA葉をヨウ素液につけた。

「とはいえ、結果が出るまで三十分かかるから、先に別の方法で正解を教えましょう」

すでに啓子はどこかで同じ実験をしてきたらしく、

「これが答えです」

そう言いながら、一枚の写真をテーブルの上に置いた。

朝顔の葉が写っている。そして葉の上に、ぼんやりとではあるが、ネガのとおり幼い菜月自身の顔が青紫色に浮かび上がっていた。

「正解でした。ネガの画像がデンプンによって焼き付けられ、このように見事な葉っぱ写真が完成するわけです」

菜月は思わず歓声を上げ、拍手までしていた。

こんな遊びができるとは、まったく知らなかった。一枚の葉っぱが、まるで緑色の暗室のように思える。

「続きまして、もう一つ質問です。今度はB葉に注目してください。これにも日光を四時間当てていますが、開始から一時間が経ったところで」

啓子はB葉の上からネガを取り去った。

「こうしてしまい、残りの三時間はネガがない状態にしてあります。これをヨウ素液に浸したら、どうなるでしょうか」

「こっちはネガが現像されないはず。だから答えは『均一に青紫色に染まる』」

　昨日、咲弥が言っていた。一時間しか日光を当てないのでは、作られるデンプンの量が足りなすぎる。だからその時点でネガを外してしまったら、ネガ上の画像が、最終的なデンプンの生成具合に影響を及ぼすことはないはずだ。

「では、これも実験してみましょう」

　啓子はＢ葉をヨウ素液に浸してから、

「答えはこうなります」

　新たな写真を、Ａ葉の場合と同じようにテーブルに置いた。

　そこに写っている葉には、ネガの模様がまったくと言っていいほど浮かび上がっておらず、全体がほぼ同じトーンで青紫に染まっているだけだ。

「またしても見事に正解でした。——では今度はこれを見てください」

　啓子は紙袋の中からディスクを取りだした。それをテレビに接続してあるＤＶＤプレイヤーに入れる。

　そしてテレビを点け、ＤＶＤプレイヤーのリモコンを手にし、再生ボタンを押した。

　画面に映し出された映像は、たったいま菜月が目にしたものとほとんど同じだった。要するにヨウ素デンプン反応の実験をしているシーンだ。

　ただし背景というか舞台が違っている。民家のリビングではなく、これはどこだろう、もっと本格的な研究所のような場所だ。

菜月はテレビからいったん目を離し、啓子の方を見た。

これはどんな映像なの？　言葉でそう質問しようとしたが、その前に、

「映っている場所は県警の科学捜査研究所だよ。そこにあんたの実験道具を持ち込んでみたわけ」

啓子が口調を変え、そう教えてくれた。

画面の中では、研究所の係員が、緑色の箱の中から朝顔の葉を取り出している。菜月が咲弥からもらってきた葉だ。

朝顔の葉は全部で四枚。係員は、それを四つのビーカーに入れ、葉緑素を抜き取る作業を始めた。

啓子がふたたびリモコンを手にする。

「ここは三十分同じ映像だから飛ばすね」

画面隅には時間のカウンターが表示されている。それが三十分進んだところで、啓子は再生速度を通常に戻した。

いま画面に映っているのは、係員が脱色の済んだ葉を一枚ずつヨウ素液の入った容器に浸していく場面だった。

ここからまた三十分同じ映像が続くため、啓子はもう一度リモコンで早送りをした。

「そして、これが結果ね」

朝顔の葉は、四枚のうち三枚が青紫一色に染まっていた。だが、一枚だけは違っている。葉面のほぼ中央には、啓子の顔がはっきりと浮かび上がっているのだ。

そこでディスクの再生が止まった。啓子が一時停止のボタンを押したせいだ。

そして母は、じっとこちらに視線を合わせてきた。

「……やだな、そんなにじろじろ娘の顔を見て」

「菜月、まだ分からない？」

「分からないって……何が」

「さっきから母さんが何を伝えようとしているか、まだ理解できないの。そんなていたらくで、一人前の新聞記者になれると本気で思ってるわけ？」

突然の挑戦的なもの言いだ。いささかむっとし、言い返す言葉を探したが、すぐには見つからない。

母は、何かを伝えようとしている？

意外だった。自分はてっきり、単に新聞記事を書くための実験に付き合ってくれているのだとばかり思い込んでいた。

そのとき脳裏に小さく閃《ひらめ》くものがあり、菜月は静止したままのテレビ画面にもう一度目をやった。

「おかしい……」

自然と口から漏れたのは、そんな一言だった。

「なんであの朝顔に、母さんの顔が写ってるんだろう……」

ネガは午前十一時に葉っぱから取り上げておいた——咲弥はそう言っていた。

だが、ネガが葉に落ちたのは午前十時だ。そのわずか一時間後に取り上げたのなら、こんなふうに現像されるはずがない。

「やっと分かったみたいね。菜月、いま頭の中で思っていることを、そのまま言葉にしてごらん」

「……嘘をついたんだ」

「誰が」

「……咲弥先生が」

「そう。要するに彼女は、土曜日の午前十一時、つまり武井翠が殺された時刻には、自分の部屋にいなかったかもしれない、ってわけ」

武井翠。そんな名前が唐突に出てきて思考がストップしたせいで、啓子の言葉についていけなくなった。

「もっと強い言い方をするなら、わざわざ菜月に向かって嘘をついたところをみると、きっといなかったのだろうと推定できる、ってことね」

啓子は話し方を少し遅くした。こちらの頭がほとんど空転していることを察してくれたようだ。

「咲弥先生があんたの落としたネガを見つけたのは、おそらく武井翠を殺して部屋に戻ってきてからのはず。きっとそれは午後二時近くだった。それはこのとおり葉っぱに現像されたわたしの写真が証明している。四時間ぐらいたっぷり日光を浴びなければ、こうまではっきりとは現像されないからね」

　啓子は、まだ静止画を映し続けているテレビの画面に目をやった。

「これはもういいわね」

　ＤＶＤプレイヤーを完全に停止させ、テレビのスイッチも切る。そしてリモコンを置くと、空いたその手で今度は別のものをテーブルに載せた。それはシルバーのボイスレコーダーだった。

「咲弥先生が……」菜月は自分の声が震えているのを感じた。「先生が武井さん殺しの犯人なの……？」

「そうよ。ほら、今朝録音したデータ」

　こともなげに言い放ち、啓子はボイスレコーダーの再生スイッチを押した。

《もう一度確認させてもらいます。武井翠さんの頭部を鈍器で殴ったのは、あなたということで間違いありませんね》

　男性の声だ。言葉の内容からして刑事に違いない。声の年齢からすれば、啓子の同僚か先輩といったところか。

《……はい。間違いありません》

　これは女性の声だった。音がやや割れているが、咲弥のものだとはっきり分かる。

《なぜですか。動機を聞かせてください》

《武井さんとは同年齢で、小学生の時分から知り合いでした。うわべでは友達付き合いをしていましたが、実のところ、武井さんは陰でわたしを貶《おとし》める言動を繰り返していました。とっくに成人したいまに至るまで、わたしはことあるごとに誹謗中傷を受け、怒りが鬱積《うつせき》していました》

《それで、先日の土曜日の午前中、彼女の家を訪れたときに――》

《はい、あのときは面と向かって罵詈雑言《ばりぞうごん》を投げつけられ、怒りが限界を超えてしまい、気がつくと部屋にあった金属製の置物を、彼女の頭に打ちつけていました》

　啓子はボイスレコーダーの停止ボタンを押した。

「流しの犯行でなければ、殺人事件で犯人を突き止めるのは、そんなに難しくない。それはあんたも知ってるでしょ。武井翠の交友関係を洗ったら、林原咲弥の名前がすぐに浮上した。最有力の被疑者としてね」

　啓子の声は冷え冷えとしていた。

「だけどそれより前、事件の第一報を耳にした直後から、すでにわたしは、咲弥先生が犯人かもしれないと密かに思っていた」

「第一報の直後からって。まさか無理だよ、そんなの」

「本当だよ。覚えてるでしょ、つい先日までわたしが担当していた資産家殺しを」

「犯人が風呂に入れなくなった、ってやつだよね。犯行を思い出したくなくて」

「ええ。あの事件が連想されたのよ。『咲弥先生が、急に葉っぱをむしって捨てた』という奇行の話を菜月から聞いたときにね。誰かが何かを急に敬遠しだす。その構図が一緒だった」

　あ、と菜月は小さな声を上げた。

「事件の第一報には、被害者の名前が翠で、しかも緑色の家に住んでいる、とあった。それで思ったわけ、咲弥先生が犯人だとしたらあの奇行に説明がつく、って」

葉っぱも緑色だ。彼女は自分の罪が想起されてしまうものを発作的に遠ざけようとしていたのか。

「そこで次の日、七小の理科室で彼女に会い、朝顔の葉を突きつけてみた。彼女も理科が専門だから、その葉にわたしの顔が現像されるだろうことを察した。その〝葉っぱ写真〟が、菜月に向かって主張した自分のアリバイを崩す傍証になることにも、そのときようやく気づいた」

だから理科室で取り乱し、結局は観念して今朝自首した、というわけらしい。

「あ。ほら」

さっきとはまるで違った口調ではしゃぐように言い、啓子はテーブル上のコップに目を近づけた。

「A葉を見てごらん。今度はナマで見られるよ。菜月の顔が現像されていく様子がさ」

久しぶりに、プロ刑事の実力、厳しさ、凄まじさに圧倒された思いがする。

母親との間に越えられない壁を感じ、菜月はコップの中を覗く気にもなれなかった。

球形の囁き

1

目が覚めて枕元の時計を見たら、ちょうど午前五時だった。

もうひと眠りする時間はあるが、妙に目が冴えてしまっている。羽角啓子《はずみけいこ》はベッドの上で体を起こした。パジャマの上からガウンを羽織り、そのポケットに携帯電話を入れてから台所へ向かう。

床暖房のスイッチをオンにして、コーヒーを淹れた。

遠くからガタンゴトンと電車の音が聞こえてきたのは、最初の一口を啜《すす》ったときだった。

その音に耳を澄ましていると、

「おはよ」

菜月《なつき》も姿を見せた。すでにマフラーを首にかけ、ダッフルコートを手にしている。

「もう行かなきゃいけないの？　今日はずいぶん早いんだね」

大学も二年生に上がったとたん、菜月は早朝に登校することが多くなった。

「しょうがないよ。一限目に量子力学の実験があるんだもん。その準備をしなくちゃいけないの。

ただし午後からは授業なしだから、夕食の材料を買って早めに帰るね」

そう言いながら、菜月は冷蔵庫を開け、冷凍してあった食パンを取り出した。

「母さんも食べる？　ついでだからわたしの分と一緒に用意してあげるよ」

「ありがたいな。ぜひお願い」

食パンをトースターに入れると、菜月はテーブルの向かい側に座って携帯電話を取り出した。

啓子はコーヒーを飲むふりをしながら、それとなく娘の手元を覗き込んだ。折り畳み式の端末。その画面に一枚の画像が表示されている。

写っているのは、笑顔を浮かべた菜月自身だ。Ｔシャツにジーンズ姿で、あるものを抱きかかえている。それは青い色の風船だった。しかも、かなり大きい。直径は一メートルほどあるかもしれない。

「なに覗いてんのよ」

そう口にした菜月だが、その視線は携帯からまったく外れることはなかった。

「それ、去年の夏にバイトしたときの写真でしょ」

「そうだよ。最終日の記念写真」

菜月が通っている国立Ｔ大学の近くには「バルーン杵坂《きねさか》店」なるデパートが立っている。Ｔ大の学生には、そこでアルバイトをしている者が多い。昨年の夏は菜月もその一人だった。選んだ先は食品売場。一か月ぐらい働いた。

バルーンというデパートは、全国にあるどの店舗でも、名前にちなんで風船をロゴマークとしている。企業の習わしで、アルバイトの人間が職場を去るときには、サイズも色も様々な風船のセットがプレゼントされるという。

「またあそこでバイトしようと思ってさ」

「目標は七十五万円かな？」

車が欲しい。菜月がそう言い始めたのは半年ぐらい前からだ。新車で百五十万円するコンパクトカーを狙っているようだ。そこで家計費から援助してやることにしたが、その額は半分の七十五万円に留めておいた。

「そ」

短く頷き、菜月は画像を切り替えた。

今度の一枚で菜月は、風船ではなく三十歳ぐらいの女性と一緒に写っている。この女性は、菜月が世話になった食品売場のスタッフだ。名前はたしか高島晴海《たかしまはるみ》ではなかったか。

晴海は小太りの体型だ。しかも青いユニフォームを着ているから、この一枚も見ようによっては、風船を抱えた写真とあまり変わりがないように思える。

菜月が晴海をどれだけ好いていたのかは、先ほどの笑顔とは一転し、別れを惜しんで泣いていたことからもよく分かる。「すごく面倒見がよくて、もう一人のお母さんみたいな人」。菜月はよく晴海をそう評していた。

「この食品売場、すごく働きやすかったんだ。また晴海さんに連絡してみようかな」

「それがいいんじゃない。バイトを募集しているかどうか訊いてみなよ」

「うん、そうする」頷いてから、菜月はおどけた様子で拳を握ってみせた。「早くマイカーをゲットして、電車通学とはおさらばするぞ」

「電車といえば、不思議だよね」

「何が？」

「さっきガタゴトって音が聞こえたのよ。たぶん始発かな。で、いまごろ気づいたんだけど、冬の夜中や明け方って、いつもはよく聞こえない遠くの電車の音が、妙にはっきり耳に届いたりするでしょ」

「まあね」

「それがいまさらながら不思議に思えたわけ。もちろん、夜や早朝は周囲が静かだから聞こえやすいということもあるんだろうけど、理由はきっとそれだけじゃないよね。何でかな？」

「母さん」

菜月は椅子から立ち上がった。

「説明してあげるから、こっちに来てわたしの横に立ってよ」

啓子は言われたとおりにした。

いつの間にか菜月は、こちらの背丈に追いついていた。並んで立つ機会など最近はほとんどなかったから、ここまで身長が伸びていたことにいままで気づかなかった。

「床に線があるよね」

菜月は下を向き、フローリング材の溝を一本、室内サンダルの爪先で指し示してみせた。

「あるね」

「じゃあ、並んだまま体の向きをちょっと変えてみよう。この線に対して斜めになるように立つの。角度にして、だいたい四十五度になるようにね」

　自分の言葉に合わせて菜月が体の向きを変える。啓子もそれに倣《なら》った。その結果、いま菜月が示したフローリングの溝が作る線からは、啓子の方が離れるかたちになった。

「さてと、いまわたしと母さんが立っているところが舗装されたアスファルトの道路だと仮定するよ」

「うん」

「そして、この線の向こう側がぬかるんだ泥んこの道だとする」

「分かった」

「さて、これから二人はきっちりと並んだまま、この境目を越えて行進していきます。いい？　じゃあ、まず一歩分前に進んで」

　菜月が左足から踏み出した。それに右足を揃え、完全に線を踏み越える。

　啓子も同じようにしたが、線に対して遠い位置に立っていたため、足はまだアスファルトの側に留まっている。

「では、次の一歩を踏み出してみて」

　啓子は足を前に出した。今度は線を踏み越える。

「だけど、わたしの方は」菜月は言った。「すでに足がぬかるみに入っているから、ほとんど前に進めない」

　菜月は足を前に出したが、それはわずかな歩幅に過ぎず、その場で足踏みをしたのとほとんど変わらなかった。

「さてと、この状態を見て、何か気づいたことは？」

「進路が曲がっちゃうね」

「正解。線に対して四十五度のまま二人並んで進むつもりだったのに、先にぬかるみに入ったわたしがほとんど動けない。反対に母さんは普通の歩幅で線を飛び越えてきた。だからこの状態から二人が肩を並べたまま次の一歩を踏み出すと、どうしても、いままでとは角度が変わってしまうわけだよね。――ありがとう。もう座っていいよ」

「それで、いまの行進が音の話とどうつながるわけ？」

　椅子に戻りながら啓子が訊くと、

「えっ、まだ分かんないの」

　菜月は意地悪な顔でにやりとした。

「刑事のくせに鈍いなあ」

「ちょっと、親を舐《な》めないでもらえる？　音も同じように、空気の質が違っている境目では曲がってしまう――そう言いたかったんでしょ」

「なんだ、ちゃんと理解してるじゃない」

「だけど、本当にそんなことが起きるの？」

「起きるよ。専門的には〝屈折〟と呼ばれてる」

　光が空気中から水中へ入ったときに、その屈折とやらが起きることなら知っているが、同じような現象が音についても生じるとは思ってもみなかった。

「母さん、音の速さってどれぐらいだか知ってる？」

「たしか秒速三百メートルぐらいだったよね」

「正確には三百三十一・五メートル。だけどそれには、気体の種類が普通の空気で、しかも温度が〇度のとき、っていう条件がついてる」

「じゃあ、空気以外の気体の中だったり、周囲の温度が〇度じゃなければ、速さも変わってくるわけか」

「そう。温度について言うなら、高温の中を進む方が速くて、低温だと遅くなる」

　その知識も初耳だ。

「ここまで説明すれば、どうしてさっき電車の音がはっきり聞こえたかが、分かったんじゃない？　冬の夜や早朝って、上空よりも地面の方が冷えてるでしょ。言い換えれば大気に温度差の層ができている。そういう空気の中を、地上で発生した音が斜め上に抜けていこうとしても、さっきの行進みたいに屈折を繰り返して、結局は地面に返ってきてしまう。だから電車の音も、昼間よりはっきり聞こえるってわけ」

　ああ。腑に落ちて啓子は軽く天井を仰いだ。

「ありがと。おかげで頭の中がすっきりした」

Ｔ大を受験するにあたり、菜月が選んだのは理学部だった。

小学生の時分から将来は新聞記者になることを目指していたから、以前からずっと「大学では社会学部にいくつもり」と言っていた。しかし、高校の新聞部で何度も科学関係の記事を書いているうちに、すっかり理系の学問に魅了されてしまい、結局は志望学部を変更した。

かといって新聞記者の夢を捨てたわけでもなく、サークル活動では「ジャーナリズム研究会」なる団体に所属しているらしい。

「じゃあ、行ってきます」

菜月がキッチンから出ていくと、それを待っていたかのようにガウンのポケットで携帯電話が鳴った。

《朝早くからすみません。殺しが起きました》

後輩の刑事、黒木《くろき》の声はやや粘ついていた。熟睡中のところを叩き起こされたか、眠気を隠しきれていない。

「どこで？」

《デパートです。バルーン杵坂店》

いましがた菜月と話題にしたばかりの場所か。とんだ奇遇もあったものだ。

「分かった。いますぐ行く」

《現場は地下一階の食品売場です》

嫌な予感がして、思わず啓子は菜月が出ていったばかりのドアを見やった。

「黒木、ちょっと教えて。被害者はどんな人？」

ええと……。手帳を捲《めく》る音を挟んでから黒木は答えた。

《売場の女性スタッフだそうです。年齢は三十歳、名前は高島晴海です》

2

啓子は自家用車でバルーン杵坂店へ向かった。

地下一階には紺色のジャンパーを着た捜査員がすでに何人か臨場していて、現場の確保にあたっている。いずれも県警本部に所属している機動捜査隊の連中だ。

杵坂署の刑事課からは、まだ黒木しか来ていないようだった。

バックヤードの一角に、冷凍食品用の小さな倉庫がある。晴海の遺体はその中に横たわっていた。

啓子は遺体の前で屈み込み、手を合わせた。

「死亡推定時刻は昨晩の七時前後です」

背後で黒木が説明する。

「被害者は独身。アパートで一人暮らしですから、帰宅しなくても通報する人がいなかったため、遺体の発見は今日の未明になりました。見回りの警備員が見つけて、すぐに警察へ通報しています」

晴海は鈍器で頭を殴られているようだった。着衣に乱れはない。

「被害者の私物はロッカーにそっくり残っていますし、売場のレジも荒らされていません」

犯行の目的は物盗りではない、ということだ。

晴海は、菜月が保存していたあの写真と同じように青いユニフォームに身を包んでいた。両手には作業用手袋を嵌《は》めている。

倉庫内には発泡スチロールの箱が二種類、堆《うずたか》く積み上げられていた。一方には冷凍食品が、もう一方にはドライアイスが入っているようだ。

殺されたとき晴海は、冷凍食品の箱にドライアイスを詰める仕事を、一人でやっていたらしい。

「さっき機捜の人が言っていましたが、凶器はたぶんここにあるドライアイスではないか、ということです」

ドライアイスの大きさは様々だった。大きなものは煉瓦《れんが》ほどのサイズで、重さは三キロぐらいありそうだ。これなら十分、凶器になるだろう。どれも一個ずつ専用のカバーに包まれているから素手でも持てる。

啓子はドライアイスのブロックを一つ手にした。やっかいだな、と思う。もし犯人が凶器のドライアイスをこの冷凍室の外へ、つまり常温下へ持ち出したとしたら、いまごろはとっくに気化し、二酸化炭素ガスになって消滅していることだろう。それを包んでいたカバーも、切り刻んで焼却するなどしてしまえば跡形すら残らない。

「それから」黒木も啓子の隣でしゃがみ込んだ。「ちょうど午後七時ごろ、倉庫の前を通りがかった店のスタッフがいて、扉越しに口論する声を聞いています」

「どんな声？」

「『あんたなんか消えて』だそうです」

「それは被害者が口にした言葉ね」

「ええ。それに応じた別の怒鳴り声もあって、そっちは男のものだったといいます」

すると、口論の相手であるその男が犯人だと見て間違いなさそうだ。

横たわった晴海の顔は苦悶に歪んでいるが、その端には強い怒りの色も滲んでいるようだ。死ぬ直前にしていた口論の激しさが、この表情から窺えるような気がした。

「羽角主任。ひょっとして被害者とお知り合いですか」

黒木にそう言われて、啓子は自分がいまだに合掌したままだったことに気づいた。

「ええ。ただし、わたしじゃなくて娘がね」

「菜月ちゃんがですか。もしかして、この売場でアルバイトをしたことがあるとか？」

「そう。あの子にとっては『もう一人のお母さんみたいな人』だったのよ」

そこまで〝いい人〟が激怒するような相手とは、どんな男なのか……。

それにしても、菜月の受けるだろうショックを思うとやるせない。テレビやネットでニュースが流れる前に、この悲報をそっと知らせてやった方がいいだろうか。

ややあって、杵坂署から刑事課長以下の捜査員が到着した。

特例でデパートの会議室を借り、そこで臨時の会議を開き、捜査員各自の担当を割り振った。

啓子は黒木と一緒にデパート四階の聞き込みを任された。

バルーン杵坂店四階で扱っているのは、主にスポーツ用品と紳士服、そして子供服だった。また、フロアの一角に託児ルームも設けてあるようだ。

すでに正午を過ぎている。黒木が買ってきたコンビニのおにぎりを一つ口にしてから、受け持ちのフロアに向かった。

子供服売場でベテランと思われる店員を一人捕まえ、警察手帳を提示する。

「ああ、地下一階で起きたアレですよね。本当に驚きました」

もう事件について知っているようだ。それなら話は早い。

「では高島晴海さんという人はご存じですか」

「ええ。このフロアで何度か見かけたことがあります」

四階と地下一階ではだいぶ離れている。スタッフ同士の交流はないだろうと思っていたから、この返事はやや意外だった。

それにしても地下一階で勤務している晴海が、この売場にどんな用事があったのだろう。

その疑問は、続く店員の説明ですぐに解けた。

「高島さんはここに来る前、保育園で働いていたんです。保育士の資格を持っているんですよ。そこで手の空いた時間に、『ふわっと』で手伝いをしていたようなんです」

「『ふわっと』……というのは？」

「このフロアにある託児ルームの愛称です」

元保育士か。そういう経歴の持ち主だからこそ、菜月は晴海を「もう一人のお母さん」と感じたのかもしれない。

礼を言って売場を離れた。

ならば、まず託児ルームから聞き込みを始めるべきだろう。

フロアの案内図を見たところ、目指す場所は売場から離れた片隅にあるようだ。昼寝をする子もいるため、できるだけ静かな場所に設置したということか。

黒木が手洗いに寄るというので、啓子は先に一人で託児ルームへ足を向けた。

通路を進みながら携帯電話を取り出し、菜月にかけてみる。応答はすぐにあった。

「授業はもう終わったの？」

《うん、いま帰り道で、これからスーパーに寄ろうとしてたところ。――ちょうどよかった。母さん、今晩のおかずどうする。何食べたい？》

「要らない。いったん帰宅するけど、泊まり込みの準備をしたら、すぐまた出ていくから」

《泊まり込み？　ってことは殺人が起きたんだ……》

「ええ。その関係で、あんたに教えておきたいことがあってね」

ためらいが生じる前に、一気に言ってしまうことにした。

「菜月にとってはとても辛い知らせだよ。殺されたのは高島晴海さん」

「うそ……」

短い呟きを残したまま、受話器の向こう側は黙り込んだ。伝わってくるのは、背後の雑踏の気配だけだ。

――じゃあ、もう切るね。

そう口にする直前だった。

『ふわっと』のドアが開いた。託児ルームの利用を終えたらしき一組の母娘が出ていく。

そしてドアが閉まる前に、室内からフロアへ転がり出てきたものがあった。直径が五十センチほどもある青い色の球体――風船だ。

啓子は左手に携帯電話を持ったまま、その風船を拾い上げた。

手にした瞬間、ふと誰かの声を聞いた。間近ではっきりと。

――おまえなんか消えちまえ。

気のせいでなければ、かすかにだが、そう聞こえた。男の声で。

だがおかしい。声はすぐ近くで聞こえたのに、そばには誰もいないのだ。つまり風船が喋ったとしか思えなかった。

混乱したまま風船を持ち、啓子は携帯をふたたび耳に当てた。

「じゃあ、もう切るね」

《うん。ありがとう。知らせてくれて》

消え入りそうな口調だったが、声には芯のようなものが感じられた。いま菜月の胸中では、悲しみよりも怒りの感情が勝っているらしい。

携帯をハンドバッグにしまってから、啓子は青い風船を改めて見つめた。

このゴムの球体が……喋った？

ありえないことだが、いまこれを拾い上げようとした一瞬を振り返ると、どうしてもそう感じられてならないのだ。

――馬鹿な。

頭を軽く振ってから、啓子は託児ルームの中に入った。

かなり広い部屋だった。

室内の中央には、十メートル四方ほどもありそうな厚手のカーペットが敷かれている。その上に幼児用の滑り台や乗り物が置いてあるが、何より目立つのは風船だ。サイズも色も異なるゴムの球体が何十個も床の上をふわふわと漂っている。

奥の壁際を見やると、そこにはエプロンをつけた男性が立っていた。たぶん保育士だろう。歳は三十前後か。純朴そうだが、どこか幼い感じがする。

彼もまた直径五十センチぐらいの青い風船を抱えていた。そばには女の子が一人いて、その子と風船で遊んでいたようだ。

「こんにちは。もしかして、バイトに応募される方ですか」

保育士と見える男は、その場に立ったまま、そんなことを話しかけてきた。

「いいえ。違います。実はちょっとお話を伺いたくて」

啓子が警察手帳を出すと、相手は大仰な仕草で頭に手をやった。

「これは失礼しました。とんだ勘違いをしてしまって」

彼の近くにいたのは女の子だけではなかった。足元に、二歳ぐらいの男の子がまとわりついている。男はやや荒っぽい手つきで男児を引き離してから、こちらへ近づいてきた。

彼は胸にネームプレートをつけていた。【やぶなかはると】。そう平仮名で大きく書いてあり、下の方に小さく漢字で【保育士・藪中陽翔】と添えてあった。

「ここの保育士は、あなたお一人ですか」

「ええ、いまは。ほかに女性の保育士がいますが、現在、産休中なんです。ですから、ここのところは、ぼくだけでやっています」

「失礼ですが、人手が少なすぎません？」

「たしかにそうですが」

藪中は天井を指差した。四隅に監視カメラが設置してある。

「このとおり、子供を遊ばせておくスペースについては監視の態勢はしっかりしていますから問題ありません。ただ、さすがにトイレにも行けないことがありますので、補助スタッフを探している最中です」

そう言いながら藪中は、天井に向けていた指先の向きを一方の壁へと移した。そこには【アルバイト募集】と題された貼り紙がしてある。

業務内容：保育士の補助（資格は不要）

募集人員：若干名　週に2日以上働ける人　大学生可

時給：１２００円
「実は」その貼り紙を見ながら啓子は言った。「いま大学二年生の娘がいるんですけど、このデパートでアルバイト先を探しているんです」

「本当ですか。刑事さんのお子さんなら、きっとしっかりした学生さんでしょうね。ぜひ応募してもらえると嬉しいな」

　ここで藪中は名刺を出してきた。啓子もそれに倣ってから、改めて周囲を見渡した。

「風船がたくさんあって楽しそうですね。でも急に破裂したりしたら、幼い子には危ないんじゃありませんか」

「割れにくいゴムでできていますので、針で突かないかぎり、その心配はありません。それに頻繁に交換していますし。ただ、膨らませるのは大変ですね。電動ボンベでもあればいいんですが、予算がないので、しかたなくハンドポンプで一つずつ膨らませています」

「なるほど。――ところで地下一階で事件が起きたことはご存じですか」

「ええ。今朝出てきたとき、紳士服売場の人から聞いて驚きました」

「なんでも、亡くなった高島さんは、ときどきこの託児ルームに来ていたとか」

「そうなんです。こちらから頼んだわけでもないんですが、利用者が多いとき、高島さんはご自分の手が空いていると、よく手伝いにきてくれましたね。とても感謝しています」

「失礼ですが、あなたは昨夕《ゆうべ》も勤務していましたか」

「はい。保育日誌を整理するため、午後八時ぐらいまでいました。ずっとここから離れませんでしたよ。もっとも」

笑ったつもりか、藪中は妙な形に口元を歪めた。

「一人シフトなので、アリバイを証言してくれる同僚はいませんけどね」

3

その日の夕方、いったん自宅に戻り、署に泊まり込む準備をした。

再び出ていく前に、菜月をそばに呼んだ。予想したとおり目元が腫れぼったい。だが泣くだけ泣いてすっきりしたのか、表情に曇ったところはなかった。

「バルーン杵坂店でさ、アルバイトを募集していたところがあった」

「……どこの売場？」

「売場じゃない。託児ルーム」

「やだよ。子供の相手なんか。ああいうのは苦手」

「時給千二百円でも？　悪くないでしょ。いずれ車だって手に入るし。そこで六百二十五時間働けばね」

「わたしじゃ無理だって」

それを聞いて啓子は内心で安心した。あの藪中という保育士は、どうも信用できないような気がする。

「ところで菜月。あんた幻聴って体験したことある？」

「幻聴？　空耳だったらあるけど、そういうのはないかな。でもどうして？」

「託児ルームの入り口で風船を拾ったとき、おかしな声を聞いたように感じたのよ」

先ほど体験したことを、かいつまんで菜月に話してやった。

「その声、何て言ってた？」

この問い掛けには、

「よく分からないけど、なんか嫌な感じだった」

そう濁して答えるに留めておいた。

――おまえなんか消えちまえ。

あの一言が聞こえたのは、

――あんたなんか消えて。

晴海が口論相手に言ったという言葉が頭に残っていたために生じた幻聴だと思われる。だが……。

杵坂署に着くと、啓子はまず生活安全課に足を向け、小池《こいけ》の席の前に座った。児童係長を務めている男だ。警察学校の同期で、署内で会えば世間話をするような仲だった。

「『ふわっと』っていう託児ルームがあるよね。バルーン杵坂店の四階に」

「ああ、知ってる」

「じゃあ、そこにいる藪中って保育士のことは？」

「前に一度会ったな」

「忙しいところ悪いけど、あの託児ルームを、ちょっと調べてくれない？」

「なんで」

「その藪中って保育士がね、子供を虐待しているかもしれないから」

「本当かよ」

「虐待とまではいかなくても、子供に暴言を吐いているおそれはある」

「暴言でも虐待に当たるよ。で、その現場を押さえたのか」

啓子は首を横に振った。「そこまではっきりとは」

小池は渋い顔をした。「まあ、啓子ちゃんが言うなら、立ち入り調査をしてみるか。ただし、いまは別件で立て込んでる。やれるとしても一週間ぐらい先だな」

刑事部屋に戻ったとき、携帯に菜月からメールが来ていたことに気づいた。件名は「アルバイト先を決めた」となっている。本文には「ふわっと」——その一言だけが記されていた。

啓子はすぐ菜月の携帯に電話をかけた。

「どうしてよ。さっき子供の相手は嫌だって言ったばかりのくせに」

《気が変わったの。時給千二百円はけっこう魅力的だし》

「やっぱり、あそこはおすすめできないな」

どうしてよ。いまと同じ質問を、今度は菜月が口にする。

——おまえなんか消えちまえ。

幻聴の可能性が高いが、そうでなければ、あれは藪中という保育士が口にした言葉に間違いない。何より声の質が同じだった。足元にまとわりついていた男の子を邪魔に思って、ついそんな言葉が出たのだ。

誰しもストレスから暴言を吐くことがあるだろうが、できればそういう人とは一緒に働いてほしくないのが親としての本音だった。

4

その日、啓子は再び黒木と一緒に、バルーン杵坂店の四階へと足を運んだ。

最初の聞き込みから、ちょうど一週間が経っていた。時間が経ったからこそ新たに記憶がよみがえる、という場合も多い。だから地取りは一度で終わらせず何度でも繰り返す。それが捜査の鉄則だ。

売場を回ったあと、『ふわっと』へ向かった。

いま預かっている幼児は三人だ。

今日は菜月のシフト日でもあった。風船の絵柄が刺繍されたエプロンを着けた菜月は、部屋の隅に置かれた作業用の机に座って、ハンドポンプで風船に空気を入れているところだった。

「ああ、羽角さん。こんにちは」

藪中は片手を軽く上げ、白い歯を見せながら近づいてきた。

「またお仕事中にお邪魔してすみません。しかも娘までお世話になってしまって」

藪中は菜月の方を見やった。「いえいえ、菜月さんに来ていただいて、すごく助かっていますよ」

啓子は菜月の働きぶりを横目で気にかけつつ、ハンドバッグからメモ帳を取り出した。

「もしかしたら、高島晴海さんの事件に関して、あれから何か思い出されたことがあるかもと思いまして、また寄らせていただきました」

「いやあ、すみません」藪中は頭に手を当てた。「ずっと考えていましたが、やっぱり何もないですね。――反対にこちらからお訊きしたいんですけど、犯人の目星はまだ全然ついていないんですか」

啓子は渋面《じゅうめん》を作ってみせた。「この表情からお察しください」

藪中は、それが癖なのかまた頭に手を当て、顔に苦笑いを浮かべた。

このとき藪中の方へ、髪を三つ編みにした女の子が近寄ってきた。青い風船を持っている。

「一緒に遊んで」

「いいよ」

藪中は女児から風船を受け取った。

サボらずにちゃんと働くのよ。そんな目配せを菜月に送ったあと、啓子は託児ルームを出ようとした。そのとき、

「失礼します」

中に入ってきた人物がいた。スーツ姿の大柄な男だ。生活安全課の小池だった。背後に一人、部下の女性署員を引き連れている。

啓子は小池と顔を見合わせた。互いに驚く。こうして聞き込みと立ち入り調査のタイミングが重なったのは、まったくの偶然だ。

藪中が急に風船を取り落としたのはそのときだった。小池の方へ向けた彼の顔は蒼白になっている。

「少しお話しさせてもらってもよろしいですか」

小池が野太い声で迫ると、藪中の表情はますます硬くなった。やがて彼は前へ出た。小池の脇をすり抜け、ぼんやりした足取りで出入り口の方へ向かう。

「ちょっと藪中さん。どうしました？」

啓子は背中に声をかけた。それを無視して藪中はフロアへ出た。

その姿を啓子は追った。後ろから黒木と小池もついてくる。

藪中はと言えば、フロアの突き当たりまでふらふらと歩いていき、非常口のドアを開けたところだった。その向こうは屋外に設置された非常階段になっている。

ドアクローザーがついているため、非常口の扉がいったん閉じた。

啓子は小走りになり、ドアを開けた。

藪中は非常階段の手すりから、身を乗り出すようにして、下を覗いていた。ここは四階だ。地面まで十二、三メートルもの高さがある。

「危ないですよっ」

そう声をかけようとした矢先だった。藪中は躊躇《ちゅうちょ》することもなく、手すりの向こう側へ上半身を倒し、軽く足元を蹴った。

藪中の衣服を摑もうと、啓子はとっさに手を伸ばしたが、指先は虚しく空を切っただけだった。間を置かず、地面の方で鈍い衝突音がした。

5

また電車のガタゴト音が、ここまではっきりと聞こえてきた。ただし今度は始発ではなく、たぶん終電だ。

午後十一時。

自宅でアルコールを口にしたのは何日ぶりだろう。キッチンのテーブルで水割りのグラスを空にしたあと、啓子は目を閉じた。

案の定、視界が閉ざされた瞬間から、目の前には藪中の死んだ直後の姿がはっきりと浮かんだ。地面に叩きつけられた彼の四肢はおかしな方向に曲がっていて、無理なストレッチ体操をしているようにも見える。

藪中の行動はあまりに突飛で、どうしたって引き留めることができなかった。いや、自分がもっとしっかりしていれば、彼の自殺企図を見抜き、命を救うことができたのではないか……。

ずっと堂々巡りだ。結論など出るはずもないことを、ひたすら繰り返し考え続けている。目を開けた。動悸が激しくなっている。藪中の自殺を目の当たりにして以来、こうして自責の念に苦しめられていた。

「おまえなんか消えちまえ」――その一言に抱いた不審感は根強く、幻聴だった可能性を残しつつも、暴言による虐待のおそれがあるとして小池に立ち入り調査を頼んだ。

確たる証拠はなしに、そうした。

それがために藪中は自ら命を絶った。自殺を図ったところを見ると、やはり虐待はあったとみていいのだが、生安課の調査が入らなければ飛び降りまではしなかっただろう。そう思えば、どうしても自分の行動を責めずにはいられないのだ。

しばらく自宅で休養するように、と刑事課長から命令されている。休みはあと一日残っていた。出勤していいのは明後日からだ。

「母さん」

気がつくと、菜月がキッチンの入り口に立っていた。

「そんなに落ち込むことはないよ。藪中さんの自殺は、母さんのせいじゃないもの」

「じゃあ誰のせいよ」

「わたしのせいだよ」

はっ。啓子は息を吐き捨てた。「気休めはよして。あんたは関係ないでしょ」

「とにかく、母さんのせいじゃない」

啓子はじっと娘を見た。いまの菜月の口調は確信に満ちていた。しかし、どうしてそう断言できるのか。

「おまえなんか消えちまえ」

ふいに菜月がそう口にした。

耳を疑うしかなかった。どうしてその言葉を知っている？

「実はね、この暴言を、わたしも聞いたんだよ。母さんからの電話越しに。はっきりと」

「……何ですって」

「だから幻聴じゃない。藪中さんは本当に、預かった子供に虐待まがいの言動をとっていたんだと思う。監視カメラに映らないところで」

「でも、おかしいでしょう。どうしてあんたに〝はっきりと〟聞こえたのよ」

普通に考えれば、その逆でなければならない。もし本当に藪中が暴言を吐いたなら、その言葉は現場にいた者にこそ明瞭に届き、電話越しの耳にはおぼろげにしか聞こえないのが当然だ。

「おかしくないよ。わたしの方がはっきり聞こえる場合が一つだけあるもの」

「どんな場合よ」

「風船が喋った場合」

「あんた、ふざけてんの？」

あのときは、携帯電話を手にしたまま風船を拾い上げようとした。そのタイミングで本当にゴム製の球体が口を利いたのなら、たしかに電話越しの方がはっきりと聞こえたことだろう。しかし現実として、言うまでもなく風船が喋ることなどありえない。

「冗談を言ってこっちを和ませようとしているんだよね。その気持ちはありがたいけど、ごめん、母さんはいま、とてもそんな気分じゃないの。あんたはもう寝なさい」

その言葉を無視して、菜月はキッチンに入ってきた。

流し台の下にある扉を開ける。そこから取り出したのは、かつてはミネラルウォーターが入っていた二リットルのペットボトルだった。いま中身は空だ。家庭菜園のポットにでもしようかと思い、捨てずに取っておいたものだ。

菜月はその中に酢を入れた。

このときはじめて気づいたが、娘は手に、まだ膨らませていない赤と青の風船を準備していた。その風船の中に、ベーキングパウダーを入れていく。

「何してんの」

「いいから見てて」

二つの風船に白い粉を入れ終えると、菜月は口の部分をペットボトルの飲み口に被せた。

ベーキングパウダーの重さで、風船の先の方はだらりと垂れ下がった状態だ。それを持ち上げ、中の白い粉をペットボトルの中に落としていく。

「ベーキングパウダーと酢が混じると二酸化炭素が発生する。それぐらいは知ってるよね」

菜月の言うとおり、ペットボトル内でガスが発生した。風船がかなりの勢いで膨らんでいき、すぐに直径が三十センチほどになった。

「そんな面倒なことしなくても、口で膨らませた方がずっと簡単でしょ」

「こうしないと駄目なの」

菜月は同じ要領でもう一つ作り、二つの風船を持って廊下へ出ていく。

啓子も菜月の後に続いた。

「母さんがあの託児ルームへ初めて行ったときのことを思い出してみて。母さんと藪中さんの位置は、こんな感じだったんじゃない？」

菜月は青い風船を下に置くと、赤い方だけを手にして廊下の突き当たりへと移動した。こちらとの距離はだいたい八メートルといったところか。

「そうね、このぐらいだった」

「じゃあ、その青い風船を拾い上げてもらえる？」

啓子は身を屈めて風船に手を伸ばしたが、触る前にその場で固まった。

すぐ間近で、「おまえなんか消えちまえ」と声がしたからだ。しかも菜月の声で。

それは風船から聞こえたような気がした。いや、気のせいではない。間違いなくゴムの球体から聞こえた。実際に言葉を囁いたのだ、この青い風船が。

初めて『ふわっと』を訪れたときに体験したのが、まさにこの現象だった。

赤い風船に向かって菜月の喋った声が、拡散することなく八メートルも真っ直ぐ進んで、青い風船に届き、はっきりと受信した。いまの出来事を言葉にすればそうなる。

だが、いったいどういう原理でそんなことが起きたのか。

「この前も言ったよね、気体の質によって音の伝わり方が変わるって。二酸化炭素のような炭酸ガスって、ただの空気に比べて音の伝わり方が遅いんだよ。そういうガスを詰めた風船の内部に音が入ると、どうなるんだっけ?」

「例の……屈折って現象が起きる」

「そのとおり。風船に向かって声を出すと、普通は広がってしまう音波が屈折して、広がらない音波になり、かなりの長距離を伝わるの」

菜月は近寄ってきて、こちらの手から青い風船を受け取った。

「もちろん受信する側でも似たようなことが起きる。伝わってきた音波が同じように屈折して一個所に集まるから、そこに耳を近づけると大きな音に聞こえるわけ」

啓子は口を開いた。だが言葉は出てこない。

「藪中は足にまとわりついてきた男の子に向かって実際に暴言を吐いた。それを母さんとわたしは、いまの原理で聞いた。つまり虐待のはっきりした証拠はあったわけ。だから母さんが気に病むことはない。——じゃ、おやすみなさい」

菜月が去ったあと、啓子はしばらくテーブルでじっとしていた。

実際に青い風船が囁いたことは確かめられた。だが、菜月は肝心な点を説明していなかった。

炭酸ガスの入った風船。そんなものが、どうしてあの託児ルームにあったのか。

『ふわっと』では、空気を入れるのに使う器具はハンドポンプだけだ。ほかに特別な機器など置いていない。要するに、どの風船も中身はただの空気でしかないのだ。

啓子はまた目を閉じた。

いろんな思考が目まぐるしく脳内を駆け巡っている。それがどうにか落ち着くと、携帯電話を手にした。

刑事の習性か、黒木の応答はいつものようにワンコール以内だった。

「悪いけど、明日の午前中にでも、わたしの家へ来てくれないかな。持ってきてほしいものがあるんだけど」

《何をでしょうか》

「バルーン杵坂店に行って、食品売場からドライアイスのブロックを一つもらってきて」

《分かりました》

「それと、『ふわっと』から監視カメラの映像を借りてきて。藪中が自殺する直前の室内が記録されているやつを」

6

「わたしが犯人で、そっちが晴海さんだとするよ」

自宅のキッチンで啓子は黒木と向き合った。

午前十一時。三時限目から授業があるという菜月は、つい先ほど家を出ていったばかりだ。

啓子は持ったドライアイスを振り上げ、黒木に殴りかかる真似をした。

昨晩導き出した結論を、明日、刑事課長に伝えるつもりだ。その前に念のため、相棒と一緒に検証してみるつもりだった。

「犯人はこうして高島さんを死なせたあと逃げた。ただし、凶器を現場に残しておくのはまずいと判断して、ドライアイスを持ったままでね。自分の職場へ戻った犯人は、そこで初めて、凶器を処分しなければならないことに気づいた」

啓子は床に新聞紙を敷き、その上にドライアイスを置いた。

「だけど、それほど慌てることはなかった。すぐにいい処分方法を思いついたから」

金槌を使ってドライアイスを粉々に砕く。

そうしてから啓子は、黒木が差し出してきた小箱を受け取った。中身は風船だ。

「犯人の職場にはこれがふんだんに置いてあった」

まだ空気を入れていない色とりどりの小さなゴム風船が多数。そこから五つほどを取り出し、黒木の手を借りて口を広げる。そこからドライアイスの粒を十分な量ずつ入れていき、口を結んだ。

「犯人はこんな具合に、砕いたドライアイスを、たぶん十個か二十個か、もしかしたらそれ以上の風船に入れて、膨らませることで処分した。これは一石二鳥のうまい手だった。風船を膨らませるのは犯人にとって面倒な仕事の一つだったから」

「つまり高島さんを殺した犯人は、あの保育士だったということですか」

黒木の言葉に啓子は頷いた。

「間違いないと思う。藪中は預かった子供に暴言を吐く虐待をしていた。高島さんは『ふわっと』で手伝いをしていたとき、それに気づいたんじゃないかな。それであの晩、藪中を呼び出して詰《なじ》った」

「それが『あんたなんか消えて』という言葉の意味ですね。このデパートからいなくなれ、と」

「そう。それに加えて『虐待の事実を公表する』という意味のことも言ったんだと思う。そこで藪中は保身のために高島さんの口を封じた」

キッチンのエアコン温度は高めに設定してあった。ドライアイスの粒をたらふく食べた風船は、どんどん腹をせり出し続けている。

「たぶん藪中は、風船に詰めるガスなんて空気でも二酸化炭素でも、性質は同じだと思っていた。だから凶器の隠滅に使った風船も、無造作に転がしておいた」

その一つを藪中が手にしているとき、もう一つが何かの拍子に廊下へと転がり出ていった。そのタイミングで男児に暴言を吐いてしまったことで、菜月に虐待の事実を見破られたのだ。

続いて啓子は黒木からＤＶＤのディスクを受け取った。『ふわっと』にあった監視カメラの映像データだ。それを自宅で使っているノートパソコンで再生してみる。

映像は、啓子と黒木が入って来たところからスタートした。

画面下、左隅に菜月がいて、右上には藪中の姿が見える。

互いのあいだに距離はあるが、二人は向き合うかたちになっていた。菜月は背中が、藪中は顔が映っている。

菜月はハンドポンプで風船を膨らませる作業をしていた。そして作業を終えたものから、近くに転がしている。

だが二個だけ、先ほどからずっと手元にキープし続けている風船があった。色は赤と青だ。

啓子が藪中と話をしている。

そのとき、画面下では菜月が三つ編みの女の子を呼びよせていた。

その子に風船を託す。ただしポンプで膨らませたものではなく、最初から手元に置いておいた二個のうちの一つ。青い方だ。

菜月が藪中の方を指差す。「これを、あのおにいさんのところへ持っていって」。そう指示していることが仕草から分かる。

三つ編みの子が、青い風船を藪中のところへ持っていく。

彼がそれを受け取ったとき、入り口から生活安全課の小池たちが入ってくる。

小池を前にして、藪中の表情が硬直する。

菜月はと言えば、赤い風船を手にし、それを顔の前に掲げている。

ここで啓子は再生を止めた。今度はもう一つ、別の角度からの映像を調べ始めた。

それは、先ほどとは反対の側から録画された映像だった。

藪中は背中が、菜月は顔が映っている。

画素数は八百万らしい。細部までかなりクリアな映像だから、ストレスなく調べが進む。

この映像なら、赤い風船を顔の前に持った菜月が、ほかに何をしていたのかよく分かる。

口を動かしているのだ。

八百万画素の映像は、その口元がどう動いたかまでをも、はっきりと記録していた。

菜月は何と喋ったのか。音声はないものの、口の形から母音を割り出すことはできる。どうやら、「あんああんあいええ」となるようだ。

――あんああんあいええ。

――あんたなんか消えて。

このとき菜月の囁いた言葉は、そうではなかったのか。

それが青い風船を介して、藪中の耳に届いた。

藪中が顔面蒼白となったのは、生活安全課の小池がやってきたからではない。

その声を聞き、小池の背後にいる菜月を見たからだ。

菜月の視線も藪中に向いている。睨んでいると表現した方が正確だろう。かなりきつい眼差しだ。

殺人を見破られた、刑事の娘に。

そう悟った瞬間、藪中は自分の運命をも理解したに違いない。もう逃れられないと。その諦念が、飛び降りという行動につながった。

菜月は風船で犯人を見破っただけではなく、それを使って復讐を果たしたのだ。

啓子は映像を止め、ノートパソコンを閉じた。同時に、

——わたしのせいだよ。

気休めにしては妙に踏み込んだことを言うな。そう不思議に思えた菜月の一言が、耳元にはっきりとよみがえってきた。

路地裏の菜園

1

『異邦人』に着いたときには、正午を少し過ぎていた。

自動ドアを通って店内へ入った。五月下旬、日曜日のカフェは思ったより空いている。奥の方にある四人掛けのボックス席に、こちらの姿を認めて手を上げた人物がいた。三十手前の女性だ。

「すみません、遅くなってしまって」

そちらへ足早に向かい、羽角《はずみ》菜月《なつき》は相手に謝った。

「こっちこそ、忙しいところ、取材に応じてくれてありがとう」

地元紙の女性記者も、申し訳なさそうな顔を作った。

菜月が彼女の向かいに座ったとき、靴の爪先が何かに触れた。見ると、床に小さな箱が置いてあった。中には布製の人形が何体か入っている。

昔ブームになったキャベツ畑人形というやつだ。客が幼児連れだった場合を想定して、店側が用意しているものらしい。

記者はメニューを差し出してきた。

「飲み物、好きなの選んでね。お代わりは何杯でもどうぞ」

メニューには日本語の下に英語と中国語が併記してあった。ここ杵坂《きねさか》市でも、近年はずいぶんと外国人の姿が目立つようになってきている。

アイスコーヒーを頼むと、記者がテーブル上にあったボタンを押し、店員を呼んでオーダーしてくれた。そうしてから彼女は、

「録音させてもらっていいかな」

と、ボールペンとノートのほかにボイスレコーダーも取り出した。

「はい。かまいません」

「じゃあ、早速だけどインタビューを始めさせてもらいます。——まず、どうして新聞記者を志望したか教えてもらえるかな」

「やっぱり母親が警察官だから、と自分では思っています。母は強行犯を担当する刑事で、わたしは幼いころからその仕事ぶりを間近で見てきました。そういうわけで、事件を追いかけるという行為には、小さいころから関心を持っていたんです。気がつくと、自分でもそれをやってみたいな、って思うようになっていました」

「なるほどね。でも、それならお母さんの跡を追って同じく警察官、それも刑事の道を目指す手もあったんじゃない？」

菜月は首を横に振った。

「もちろん考えたことはありますが、すぐに無理だと思いました。わたしには、そこまでの勇気はありません」

「勇気？」

「はい。ご存じのとおり、警察官というのは想像以上に危ない仕事なんです。被疑者を逮捕するとき乱闘になるのはざらです。相手は逃げるために死に物狂いですから、女性だからといって手加減はしてくれません。逆に男性より腕力が弱い分、そこが突破口だとばかりに、よく狙いうちにされてしまいます。それに、逮捕した犯人やその仲間から逆恨みを受けることもあるんです」

「逆恨みか。でもそれって、たまにしか聞かない話だよね」

「ええ。日本人の犯罪者は、あまりそういうことはしません。でも外国人のギャングは、行動パターンが大きく違っていて、仲間が逮捕されると、捜査にあたった刑事個人に対して恨みを晴らそうとすることがよくあるらしいんです」

　県内の大学四年生から何人か代表として選び、どう就活に取り組んでいくかを語ってもらう。そんなシリーズものの記事を、この地元紙は企画していた。

　代表の一人に菜月が選ばれたのは、ちょっとしたコネがあったからだ。半年前、大学三年の冬に、当地元紙の本社でインターンシップを経験した。そのとき指導に当たってくれたのが、いま目の前にいる女性記者だったのだ。

　店員がトレイに飲み物を載せて近づいてきたため、菜月はいったん口をつぐんだ。だがそれは菜月ではなく、隣席の客がオーダーしたものだった。

通路を挟んで右にある二人掛けの席。いまそこに座っているのは、黒いTシャツを着た若い男性だ。寝ているのかと勘違いするほど細い目をしたその男性は、折り畳み式の携帯電話を手にしていた。誰かとメールのやりとりをしているようだ。

　店員が去っていくと、記者は言った。

「こうしてちょっと話を聞いただけでも、すごく実感できるよ。菜月さんとお母さんは、本当に強い絆で結びついているんだな、って」

「でも実際は、家で母と顔を合わせることは多くないんです。あっちはいつも大忙しですから。さっき外国人犯罪者の話をちょっとしましたけど、つい先日、杵坂署が香港系ギャングのメンバーを一人逮捕したんです」

「うん、知ってる」

「あのメンバーの居所を突き止めたのが、実はわたしの母でした」

「凄いっ。大手柄じゃない」

「だから刑事課長からもっと仕事を任されてしまって、よけいに忙しくなったとボヤいています」

「たしかに、喜んでいいのかどうか、難しいところね」

　ここで記者は腕時計に目を落とした。

「そういえば菜月さん、このあと一時から別の用事があるんだっけ？」

「はい、アルバイトです。少し前から母の友人の家で――」

菜月は上体を屈め、足元の箱からキャベツ畑人形を一体取り出した。胸の前で抱き、あやす真似をしてみせる。

「こういうことをやってます」

「ベビーシッターか。わたしも大学生のころ、ちょっとだけ経験したよ。おとなしい子に当たるとほんと楽だけど、反対の場合はあんなにつらい仕事はないよね」

「まったくです」

二人で笑い合ったとき、隣席から黒Tシャツの男性が立ち上がった。百円硬貨を何枚かテーブルに置くと、無言で店を出ていく。

「さてと、アルバイトが控えているなら、脱線している余裕はないね。お母さんの話はまた次の機会に伺うとして、本題に戻ろうか。菜月さんは就活にあたって、去年のインターンシップのほかに、どんな取り組みをしてきましたか？」

2

インタビューを終え、カフェの外へ出た。

片山瑞枝《かたやまみずえ》の家は、細い路地を入ったところにあった。『異邦人』から歩いて約五分の場所だ。

午後一時。約束の時間ちょうどにインターホンのボタンを押した。

《いらっしゃい。鍵は開いてるから、どうぞ上がってきて》

「失礼します」

リビングに入ると、瑞枝は外出の準備をしていた。

「颯太《そうた》くん、こんにちは。お久しぶり」

菜月はベビーベッドの横でしゃがみ、生後四か月の男児に笑顔を近づけた。

「菜月ちゃん、アイスコーヒーでも飲む？」

リップクリームを使いながら瑞枝が声をかけてくる。

「どうぞおかまいなく。飲み物なら、もうたっぷりごちそうになってきましたから」

つい先ほど新聞社のインタビューを受けてきたことを、瑞枝に伝えた。

母親の啓子《けいこ》と同じく、瑞枝も杵坂警察署に勤務している。ただし警察官ではなく事務職員で、いまは育児休暇を取得中の身だ。年齢は啓子より八つ下だが、二人は昔から懇意にしている間柄だった。

「今日はどちらへお出掛けですか」

菜月が訊ねると、瑞枝の表情に翳《かげ》りが生まれた。

「ちょっと、旦那のところへ行ってくる」

現在、彼女が夫とは別居中で、かつ離婚の協議中であることは知っていた。

離婚が成立すると、颯太の親権は瑞枝が持つことになるようだが、夫の方はそれが納得できず、だいぶ揉めているらしい。

颯太を連れていかないのは、相手をこれ以上刺激しないためだろう。

「二、三時間で戻ると思う」

「分かりました」

「もう少し日が傾いたら、颯太を三十分ぐらい外の空気に触れさせたいんだけど、頼めるかな」

「いいですよ。おすすめの散歩コースってありますか？」

「ええ。前の路地を東へ抜けたところに、ちょっとした市民菜園があるのよ」

それは知らなかった。

「そこがね、なぜか颯太のお気に入りの場所みたいなの」

「緑が心地いいんでしょうかね」

「たぶんそうだと思う。その菜園へ行ってみると、菜月ちゃんも退屈しないんじゃないかな。――ほら、これを見て」

瑞枝は一枚の紙を手渡してきた。この近所にだけ配られたものらしい。単色の、ごく質素な作りのチラシだった。

今日の午後三時から、件《くだん》の菜園で、野菜栽培についての簡単な講座が開催される旨、そのチラシには記してある。講師を務めるのは地元の農家らしい。菜園の利用契約を結んでいる者だけでなく、市民なら誰でも参加できるようだ。

「じゃあせっかくの機会ですから、颯太ちゃんを連れてこの講座を覗いてみます」

「それがいいよ。帰ってきたとき、もし菜月ちゃんたちが家にいなかったら、わたしも菜園へ行くから」

「分かりました」

瑞枝が出て行った。

颯太はその後ずっと眠っていて、まったく手がかからなかった。おかげで卒業論文の準備をする時間をたっぷり持てたのはありがたかった。

午後三時が近づくと、菜月は卒論用のノートを閉じた。

日差しは強くないが、念のため颯太にベビーハットを被らせる。そしてスリングを使って、自分の胸と颯太の背中を合わせる格好で抱き、外に出た。

瑞枝が言ったとおり、路地を東の方へ少し歩いていくと、急に開けた場所があった。ここが市民菜園らしい。

すでに四、五十人ぐらいが集まっている。服装から判断して、菜園の利用者と飛び込みの参加者の割合は半々といったところか。親子連れの姿が目立つが、さすがに乳児を連れているのは菜月だけのようだ。

「では皆さん、こちらにご注目ください」

菜園の入り口近くに、畑の区画分けがされていないスペースがある。いまの声は、そこから聞こえてきたものだった。

菜月がそちらを見やると、作業着に身を包んだ初老の男が、ビールケースを逆さまにした即席の演壇に立ち、両手でメガホンを作っていた。その足元にはアルミ製の大きなボウルが置いてある。

彼が講師を務める地元の農家らしい。

「いまから簡単な野菜の栽培講座を開催したいと思います」

菜園に集まっていた人たちが、講師を半円状に取り囲んだ。その一番外側に菜月は立った。

「この菜園ではキャベツを育てている人が多いので、まずはキャベツ栽培のコツからお教えしましょう。何より大事なのは、肥料をやりすぎないことです」

講師は身を屈め、足元にあったボウルを手に持った。

「このボウルには、わざと肥料を多めにして育てたキャベツをざく切りにして入れてあります。いまからボウルを順番に回しますから、どんな味なのか、実際にご自分の舌で味わってみてください」

講師は演壇から下りると、最前列にいた人にボウルを手渡した。

ほどなくして、「苦っ」という悲鳴のような声が方々で上がった。

最も外側にいる菜月のところへも、やっとボウルが回ってきた。

中を覗くと、ざく切りにされたキャベツの一つ一つに爪楊枝が刺してある。

一つ取って口に入れ、あれっと思った。

まるで苦くないのだ。

寝ていた颯太がいつの間にか目を覚ましていた。興味深そうにボウルへ手を伸ばしてくるが、まだ歯も生えていないのだから、このキャベツを食べさせるわけにはいかない。

ところで、このボウルは次に誰へ渡せばいいのだろう。

辺りを見回し、まだ爪楊枝を手にしていない人を探した。

一人いた。黒いTシャツを着た若い男で、異様に細い目をしている。

間違いない。三時間ほど前、カフェで隣の席にいた人物だ。

彼もこの野菜講座に参加するつもりだったのか。だが、それにしては妙に場違いな雰囲気を漂わせている。履いているのが革靴だからかもしれない。

その男に向かって、菜月はボウルを差し出した。

「これ、どうぞ」

一瞬だけ視線が合ったように感じたが、菜月が言い終わらないうちに、相手は人陰にすっと身を隠してしまっていた。意図的に避けられたとしか思えなかった。

男の動きに戸惑っていると、菜園の入り口に瑞枝が現れた。こっちを捜す素振りを見せている。

瑞枝の目に触れやすいように、菜月は人の輪からさらに少し離れた。そしてボウルを片手で持ち、もう一方の手で颯太の手首を取って軽く振りつつ、

「ママ」

そう呼びかけてやると、瑞枝も気づいて近寄ってきた。

「お待たせ。菜月ちゃん、ありがとね」

「どういたしまして」

菜月は、爪楊枝つきのざく切りキャベツをひと欠片、瑞枝に渡してやった。

「これ、かなり苦いらしいんです。試しに食べてみてください」

「どれどれ」

瑞枝は口に入れた。

「あれ？　ぜんぜん苦くないよ」

そんな感想を彼女が漏らしたとき、

「もうみなさんに行き渡りましたね。さて、味はどうでした？」

農家の講師が再びビールケースの演壇に上がって声を張った。

「かなり苦かったでしょう。肥料をやり過ぎると、こういう悲惨な味になりますから注意してください。――ところで、もし苦くなかったという人がいたら、手を挙げてもらえますか」

菜月は挙手した。瑞枝もそれに倣《なら》う。

ほかにも、少し離れたところで手を挙げた者が三人いた。中年の男女と小学生ぐらいの女児。一見して親子連れと分かる組み合わせだ。

約五十人の中で、「苦くない」と感じたのは、この五人だけのようだった。

「はい、ありがとうございます。――これは野菜の栽培からちょっと横道にそれる話になりますが、うんと苦いキャベツでも、いま手を挙げた方たちのように、まれに平気で食べられる人がいるんです。苦さを感じない体質というのがあるわけですね。お父さんとお母さんがそういう人だと、その体質は遺伝して、百パーセントに近い確率で子供もそうなります。けれども、これは病気ではないので、まったく心配は要りません」

そんな説明を聞きながら、菜月はそれとなく瑞枝の顔を注視した。

左の頬が赤く腫れている。出掛ける前はこんなふうではなかったはずなのに。

ＤＶ。

その二文字が頭に浮かんだ。別れ話がこじれ、夫に殴られたのではないか……。

3

仏壇の前に座り、父の遺影に手を合わせた。

数珠《じゅず》をスタンドに戻したあとキッチンへ入り、夕食の皿をテーブルに並べている啓子に向かって声をかける。

「父さんて、野菜が好きだった？」

妙なことを気にするのね。そんな表情を作りながら、啓子は「ええ」と答えた。「好きだったよ。どんな種類の野菜でもばりばり食べてた」

「キャベツも？」

「そう」

「キャベツが苦くて文句を言ったことはなかった？」

「わたしが記憶しているかぎりでは、ないわね」

「ふうん」

菜月は冷蔵庫を開けた。爪楊枝に刺したざく切りキャベツを出す。今日の午後、菜園の野菜講座で聞いた話が興味深かったので、配られたキャベツのうち余った分を少しラップに包んでもらい、受け取ってきたのだった。

テーブルにつき、夕食のまえに、そのキャベツを啓子に食べてもらった。

「どう？」

「どうって、普通のキャベツじゃないの」

「苦くなかった？」

「全然。逆に甘く感じたぐらいだよ」

「じゃあ、やっぱり父さんはわたしの父さんで、母さんはわたしの母さんなんだ」

「なにおかしなこと言ってんの」

ここで菜月は、農家の講師から教えられた遺伝の話を啓子に伝えた。

「ああ。それ、わたしも聞いたことあるよ。たしか十人に一人ぐらいの割合で、そういう人がいるんじゃなかったかな」

菜月も、もう一度そのキャベツを口に入れてみた。やはり苦くない。

「母さんは前から気づいてたの？　自分が十人に一人の少数派だってこと」

「ううん、ぜんぜん。いま初めて知って、ちょっと驚いてる」

「瑞枝さんも十人に一人のクチらしいよ」

夕食をとりながら、今日あったほかの出来事も詳しく啓子に話しておいた。だいぶ迷ったが、頬が赤く腫れていたこと、それはもしかしたら夫に殴られたせいかもしれないことも伝えておいた。

「その黒いＴシャツの男だけどさ」

話を聞き終えた啓子が最初に口にした言葉がそれだった。瑞枝のＤＶ被害を一番に気にかけるものだと思っていたから、少しばかり意外な気がした。

「『カフェのあと菜園でもまた見かけた』って、あんたいま言ったよね」

「うん」

「菜園でどんな靴を履いてた？」

「その人が？　革靴だったよ」

「だったらその男、あんたをカフェで見て一目惚れしたんじゃないの」

「まさか」

「だって、革靴はおかしいでしょう。最初から市民菜園に行くつもりだったら、そんな靴は履いてこないはずだよ」

たしかに、同じ違和感をこっちも覚えた。

「そうなると、あんたを見初めて尾行した、としか考えられないじゃない」

「やっぱりそうなのかな」

少し照れて、菜月は、茶碗に盛った炊き込みご飯を箸の先で意味もなく突いた。

「もしそうだとしても、わたしは颯太ちゃんを抱いていたから、こっちを既婚者だと思って気持ちが冷めたんじゃないかな。まあ、わたしの方だって、あの人はあんまり好みじゃなかったけど」

「どんなところが駄目だったの」

「だって、カフェの代金をテーブルに置いて、あとは黙って店から出ていったんだよ。レジで払わずにさ。そういう気障《きざ》な真似する人って、けっこう苦手」

「なるほどね」

啓子は箸を置いた。手近にあった折り込みチラシを一枚、裏返しにして食卓に置き、ペンスタンドから鉛筆を一本抜き取って構える。

「その男の特徴を言ってごらん」

似顔絵を作るつもりのようだ。

「歳は二十五、六歳ぐらいかな。目がすごく細かった。黒い糸が二本並んでいる感じ」

「あとは？」

「あとはね……」

返事に詰まった。顔の輪郭にも鼻や唇の形にも、これといった特徴はなかった。頭髪だって何の変哲もない黒髪で、長くも短くもなく、パーマをかけているわけでもなかった。

しかたがないので、啓子の描いた線の一本一本に注文をつけながら少しずつ修正してもらうやり方で、記憶にある顔へと近づけていく。

地道な方法だが、描き始めてから十分も経たないうちに、チラシの裏側には、あの男の顔貌《がんぼう》がほぼ正確に再現されていた。

「そう。こんな感じだった。母さん上手《うま》いじゃない。さすが本職の刑事」

そんな言葉で菜月がＯＫを出したところ、啓子はその紙を折り畳んで服のポケットにしまった。

「えっ、それを持ち歩くわけ？」

「当たり前じゃない。娘についた虫は、親にしてみれば指名手配犯と同じようなものだからね」

啓子は鉛筆を再び箸に持ち替えると、

「瑞枝ちゃんは、もう長い間、夫に暴力を振るわれ続けているみたいなの」

ふいにそう口にした。

「離婚に踏み切った原因はそれよ。前からわたしは相談を受けていたけれど、結局、できたのはせいぜいＤＶ担当の警察官を紹介してあげるぐらいで……」啓子は目を伏せて唇を噛んだ。「わたし自身が瑞枝ちゃんにしてやれたことは何もなかった」

「……そうなんだ」

菜月は炊き込みご飯を口に入れた。味がよく分からなかった。

「でも、しかたないよ。相談を聞いてあげただけでも、瑞枝さんはずいぶん助かったと思う」

「だといいんだけどね」

「明日も、夕方になったら瑞枝さんの家へ行ってくるね」

市民菜園から瑞枝の家に戻ったとき、明日も午後四時から一時間だけのベビーシッターを頼まれていた。

「大学の授業は三時ぐらいに終わるから、引き受けることにした」

「そう。瑞枝ちゃん、今度はどこへ出掛けるの？」

「市役所じゃないかな。『夫と二人で離婚届を出しに行く』って言ってたから」

瑞枝の頰にできた痣《あざ》が気になったせいか、その晩はよく眠れなかった。

そして寝不足のためか、翌日の授業は、どこか上の空で受ける羽目になってしまった。

午後四時ちょうどに片山宅を訪れたところ、瑞枝の痣は昨日よりも目立っていた。

「驚いたでしょ、これ」

自分の左頰を指差して、だが瑞枝はあっけらかんと笑ってみせた。

菜月は黙って頷くことしかできなかった。

少しでも話題を変えたくて、

「いまから市役所まで行くんですよね？」

そんな言わずもがなの質問をしたところ、

「ううん」瑞枝は首を横に振った。「そっちじゃなくて、白ビルの方を利用する」

つい先月、ＪＲ杵坂駅前に新しく白い外壁の大きなビルが建った。建物には正式な名称がつけられているはずだが、英語交じりの耳慣れない言葉だからまったく市民の間に浸透せず、誰もがシンプルに「白ビル」と呼び習わしている。

ビルの四階には市役所の出先機関があり、市民課関係の手続きができるようになっていた。

地下一階は飲食店街になっている。その中には、世界十か国の味が楽しめるという触れ込みのエスニック料理店もあった。時間ができたら、そこで一緒に食事をしよう、などと啓子と話し合ったことのある店だ。

残念ながら、母も自分も毎日忙しく、その約束はまったく実現できていない。

「旦那とビルの四階で待ち合わせをして、一緒に離婚届を出す予定」

そう言ってから瑞枝は、天井に向かって両手を上げ、大きく伸びをしてみせた。

「これでやっとせいせいするわ。じゃあ菜月ちゃん、今日もよろしくね。五時までには帰るから。そんなに遠くないし、運動不足だから歩いて行ってくる」

「はい。お気をつけて」

颯太を寝かしつけたあと、今日も卒論を書くのに必要な文献を読んでいるうちに、あっという間に時間が過ぎてしまった。

もう午後五時を過ぎているが、瑞枝はまだ帰ってこない。

彼女の携帯にかけてみた。

呼び出し音は鳴るものの、応答はない。

瑞枝の頬にできた痣を思い出し、胸騒ぎがした。菜月はスリングを装着すると、颯太を抱いて外に出た。

十分ほど小走りに駆け、ＪＲ杵坂駅の前に出て、白い外壁の建物に飛び込んだ。

乳児を抱いているから階段ではきつい。

幸いエレベーターの台数が多く、ボタンを押すと扉はすぐに開いてくれた。

四階で降りると、市役所の窓口はすでに閉まっていた。

フロア中を捜したが、瑞枝の姿は見当たらない。

菜月の不安を敏感に察知してか、颯太が泣きだした。

いったん多目的トイレに入り、ベビーベッドで颯太をあやしているうちに思い出したことがあった。「運動不足だから歩いて行ってくる」。そう瑞枝は言っていた。だったら彼女はエレベーターでなく階段を使ったかもしれない。

颯太が泣き止むのを待ち、非常階段の扉を開けた。

四階と三階の中間部分にある踊り場を見やる。

いた。瑞枝だ。

荷物のバッグを体の前に抱えた状態で、ぐったりと倒れている。

足を踏みはずして転落したのか。

菜月は階段を駆け下り、瑞枝のそばにしゃがんだ。そのとき初めて、彼女の後頭部が血でべっとりと濡れていることに気づいた。

4

月が替わって六月になった。

大学の学生食堂で休憩していると、客がゼロでも朝から晩まで点けっぱなしのテレビが夕方のニュースを報じていた。

《杵坂市で、女性警察職員が襲撃を受けた事件の続報です。杵坂署は女性の夫が事件にかかわっていると見て事情を聴いていましたが、今日になり、この夫が犯行をほのめかす供述を始めたことから、近く逮捕に踏み切る方針です》

そのとき、携帯電話が鳴った。

《あんた、これから時間ある？》

啓子の声は、どこか重く沈んでいた。

《よかったら一緒に出掛けたいんだけど》

「うん、わたしは大丈夫だよ。でも、母さんの方は仕事を抜け出してもいいの？」

《ちょっと無理やりだったけど、思い切って休みを取った》

珍しいこともあるものだ。

「分かった。で、何時にどこで待ち合わせればいい？」

《四時四十五分に、白ビルの前で》

どん、と一つ強い拍動を胸に感じた。非常階段の踊り場で倒れていた瑞枝の姿が、脳裏にフラッシュバックしたせいだ。

「……了解。じゃあ、これから向かうね」

白ビルの前まで行くと、約束した時間よりやや早めだったが、啓子はすでに来ていた。

「四階へ行きましょう」

やはりか。瑞枝の事件を調べるつもりなのだ。

「母さんの仕事って、いまは、外国人ギャング団の摘発じゃなかった？」

「そうだよ」

「だったら瑞枝さんの事件は担当外だよね。関係ない仕事をしていいの？」

啓子は返事をしなかった。

菜月は内心で舌打ちをした。うっかり野暮な質問をしてしまったようだ。

――わたし自身が瑞枝ちゃんにしてやれたことは何もなかった。

そう悔やんで目を伏せた啓子が、この事態を受けて黙っていられるわけがない。

「四階まではエレベーターで行きましょう」

啓子がボタンを押すと、今日もすぐに扉が開いた。

白ビルに設置されているエレベーターは全部で八つもある。これだけあると、待ち時間が短くて便利なため、非常階段を使う人はほとんどいない。菜月に発見されるまで踊り場の瑞枝が誰の目にも触れなかったのは、そのせいだ。

四階でエレベーターを降り、非常階段の扉を開けた。

三階との間にある踊り場へと階段を下りる。

ここが五日前に、瑞枝が倒れていた場所だ。

救急車を呼んだのは菜月だった。

脳挫傷で意識不明の状態にあった瑞枝だが、幸い一命は取り留めた。

医師の診断により、後頭部からの出血は、第三者の手で加えられた打撃によるものだと判明した。

　市民課の窓口に離婚届を提出し、夫と別れ、一人で非常階段から帰ろうとした直後、何者かの手で後頭部を鈍器のような物で殴られ、踊り場まで転落したようだった。

　瑞枝が持っていたバッグに荒らされた形跡はなく、現金やクレジットカードの入った財布もそのまま残されていた。

　病院からの通報を受け、杵坂署はすぐに捜査を開始した。重要参考人として瑞枝の夫が杵坂署から事情聴取を受けたのは、それからすぐのことだ。

　啓子には守秘義務がある。質問攻めにして困らせてはいけない。それは承知しているつもりだが、どうしても我慢できずに訊いてみた。

「本当に瑞枝さんの夫が犯人なの？」

「わたしは違うと思う」

　それが啓子の返事だった。語尾は「思う」と曖昧《あいまい》だが、口調には迷いがなかった。

「でも、さっきテレビのニュースで言ってたよ。夫は自分の犯行だとほのめかしているし、杵坂署も近く逮捕に踏み切る方針だ、って」

「手錠をかけるのはやめておいた方がいいね。きっと誤認逮捕になっちゃうから」

「じゃあ、母さんの見立てでは誰が犯人なの」

「それはまだ分からない。瑞枝ちゃん事件の担当刑事からわたしが聞いたかぎりでは、これまでの捜査ではっきりしたのは一点だけだよ」

「それは何なの」

「犯人の逃走経路」

そう言うなり啓子は、踊り場を離れ、そのまま非常階段を下り始めた。

菜月は母の背中を追った。

三階、二階と通り過ぎ一階まで来た。扉の上には「１」とプレートが掲げられている。

ここからフロアに入るのかと思ったが、啓子はさらに階段を下り、地下一階の扉の前で足を止めた。

いま見てきた一階の例に倣えば、この扉の上には「Ｂ１」の表示が出ているはずだが、そのプレートは取り付けられていなかった。

啓子は扉を開け、地下一階のフロアを歩き始めた。

そのうち、世界十か国の味が楽しめるというエスニック料理の店に差し掛かった。

幸い、空席はあるようだ。

だが啓子は足を止めず、店の前を素通りした。

「あれっ、入らないの？」

てっきり、この店で食事をする約束を果たすために地下一階へ来たのかと思い込んでいたが、どうやら違うようだ。

啓子は黙って通路を歩き続ける。

地下一階は、上から見れば「回」字状になっている。フロアの中央に何軒かの飲食店が固まっていて、それを四角い通路が取り囲み、通路の外側にも店が立ち並んでいるといった造りだ。店の数は全部で二十ほどか。

とにかく、さっさとどこかの店に入らないかぎり、通路をぐるぐると回り続けることになる。

そうこうしているうち、二巡目に入った。

背後から見ていると、啓子は何かをきょろきょろと探す素振りを見せていた。どの店に入るのか迷っているのだろうか。

「あのね母さん、慎重に選ぶのも大事だけど、いい加減にしてよね。こっちはそろそろ、お腹が空いて倒れそうなんですけど」

しかし結局、啓子はどの店にも入らず、再び非常階段の方へ戻ると、扉を開けて一階へと上がり、ビルの建物から外へと出ていった。

こうなったら菜月としては、ひたすら母の背中を追いかけるだけだ。

啓子は駅前の路地に向かい、そこでようやく足を止めた。

いま菜月が啓子と一緒にいる場所を漢字で表してみるなら、「丁」の一番下の部分ということになる。

そこから真っ直ぐ北の方を見やれば、五十メートルほど先に交番が立っているのが分かった。

「丁」の縦棒と横棒が交わる位置だ。

縦棒の左右には、居酒屋や小料理屋が軒《のき》を連ねている。

啓子はときおり腕時計に目を落としながら、交番の方へじっと顔を向けている。

やがて交番から、二人の警察官が出てきた。徒歩で駅前のパトロールを始めるようだ。

菜月が自分の腕時計に目をやると、午後五時ちょうどだった。

同時に啓子が再び歩き始めた。

午後五時に交番の警察官がパトロールに出ることを、母は知っていたらしい。いったん立ち止まったのは、それを待つための時間調整だったようだ。

やがて啓子は居酒屋の前で立ち止まった。

「そうか。母さんはこういう店に入りたい気分なのね。わたしもＯＫ。もうとっくに二十歳過ぎたし。アルコールは苦手だけど、一杯ぐらいなら付き合うよ」

店の前には、扉を下まで隠す紺色の長暖簾《のれん》が出ているから、すでに営業中であることは間違いない。

だが啓子はそれをくぐろうとはせず、店の前から離れると、交番のある方角へ向かってまた歩き始めた。

コインパーキングの敷地を挟んで、二軒目の店があった。こっちは居酒屋ではなく小料理屋といった構えだ。

さっきの居酒屋と同じように、この店も扉の前に長暖簾が取りつけてある。ただし色は臙脂《えんじ》だ。

「小料理屋か。こういう店も粋《いき》だよね。じゃあ、ここに入ってみる？」

だが思ったとおり、またしても啓子は入店せず、北の方角へと歩き始める。

小料理屋の隣に立っている飲食店はハンバーガーショップだった。

そこで、さっき交番から出てきた二人組の警察官とすれ違うかたちになった。

近くで見て初めて、彼らが年嵩《としかさ》と若手の二人連れのコンビだと分かった。年嵩の方は啓子とは顔見知りらしく、こっちを見ながら敬礼してくる。

啓子は頷きだけを返し、ハンバーガーショップの入り口に向かって立つと、ドアの把手《とって》に手をかけた。

「ちょっと待ってよ。せっかく二人で一緒に外出できたのに、食べるのはファストフードなわけ?」

菜月を完全に無視して、啓子はドアの把手を手前に引いて入店した。

「まあいいけどね」

カウンターへ行き、二人ともフィッシュバーガーとカフェラテを注文する。

代金を払って商品を受け取ってから、一番奥の席についた。

「ねえ母さん、もしかして――」

そのころには、菜月の頭に一つの考えが浮かんでいた。啓子に顔を近づけ、小声でそれをぶつけてみる。

「いま通ってきたルートって逃走経路じゃない?　瑞枝さんを襲った犯人の」

「そう」

頷いて、ようやく啓子はこっちと目を合わせた。

「あんたはもちろん分かっていると思うけど、これから話すことは、これね」

啓子は口にチャックするジェスチャーをした。「他言無用」の合図だ。

了解の意味で、菜月も同じ仕草をしてみせると、啓子は囁き声で続けた。

「白ビル内や街頭に設置されている防犯カメラの映像に、瑞枝さんを襲った犯人の姿が映っていた。つばの広い帽子を被ってうまく顔を隠していたから人相までは不明だけど、どこをどう動いて逃げたのかは、はっきりした」

「その映像を母さんも見せてもらったんだね」

「ええ。そこで、犯人の動きを自分でもできるだけ忠実になぞってみたら、事件解決の手掛かりを何か摑めるかもしれないと思って、やってみたわけ」

ここで啓子は、フィッシュバーガーを一口だけ齧《かじ》った。

「防犯カメラの映像によれば、犯人が丁字路に入ったとき、ちょうど向かいの交番からパトロールの警察官が出てきたところだった。ここで背中を向けて逃げたりしたら追いかけられるから、そうなった以上、犯人としては警察官に向かって真っ直ぐ歩き続けるしかなかった」

「うわ、ドキドキものだ」

「結果的に、職務質問はされずに済んだけれどね。ともかく、さっきはその点もできるだけ再現してみた」

なぜ先ほど啓子は、交番の見える位置でいったん立ち止まってパトロールの警察官が出てくるのを待っていたのか。その理由がやっと分かった。

「職質されるのを避けるため、犯人はこの店に入ったの。そして店内に十分ほど滞在してから出て行った。そこから先の行動はいまだに不明のまま」

　防犯カメラのない通りをうまく選んで、まんまと行方をくらましたわけだ。

「瑞枝さんの夫は、逃走ルートを供述するように迫られると、口をつぐんでしまう。だからわたしは、彼が無実だと思うわけ。知らないから答えられないのよ」

「でも彼は、自分がやったとほのめかしているんでしょ。すると、他人の罪を被っているってことになるよね」

「ええ」

「真犯人を知っていて、そいつを庇《かば》っているのかな」

「そうじゃないと思う」啓子はカフェラテに口をつけてから続けた。「真意はもっと単純で、反省したからでしょう、きっと」

　夫は、かつてたしかに自分でも瑞枝に暴力を振るっている。今回、瑞枝が何者かに襲われ重傷を負ったことで、初めて己の行為を悔やむようになった。

　殺人未遂罪になるような重罪だから、それを被るなどという真似は普通できない。だけど、いままでのＤＶを本心から反省しているとすれば、そこまでの行為に踏み込んでもおかしくはない。

　そのように啓子は説明した。

「かもしれないね。じゃあ、夫のほかに動機のありそうな人はいるの？」

「いいえ。これまで捜査したかぎりでは、瑞枝ちゃんに遺恨を持っている人物はゼロ」

　荷物のバッグは財布の入った状態で現場に残されていた。ならば流しの強盗という線も消える。

では、いったい犯人は誰なのか。

「だったら、もう捜査は完全に手詰まりなんだ」

「そうでもないよ。まだ手掛かりはある。十分にね」

「十分に……って、それ、どういう意味？」

「菜月。あんたもいま犯人の行動を実際になぞってみたんだから、当然、おかしな点に気づいたでしょ？」

「うん。一応はね」

「言ってみて」

「犯人なら、できるだけ早く現場から離れたがるはずだよね。だけど、すぐにビルの外には出ないで、しばらく地下一階をうろうろしていた。そんなの、どう考えてもおかしい」

「そのとおり。じゃあ、どうしてだと思う？」

菜月は、頭髪が乱れるほど思いっきり首を振ってみせた。

「その点は、わたしが母さんに訊きたいよ」

啓子は小さく溜め息をついた。

「悔しいけど、わたしもお手上げ」

「じゃ二人で考えてみようよ」

地下一階は飲食店街だ。犯人は当時よほど腹を空かせていて、逃げるより先に何かを食べたかったのだろうか。

いや、どんなに空腹でも、やはり現場から離れる方を優先するはずだ。

第一、犯人はどの店にも入らなかったのだ。

「店の従業員に仲間がいて、匿《かくま》ってもらうつもりだったのかな。その仲間の姿が見当たらなくて、うろうろしていた、とか」

「白ビルの地下一階の従業員については、全員の身元を真っ先に調べたよ。だけど怪しい人物と付き合いがある者はいなかった」

「そう……。駄目、もう降参」

「じゃあ、地上に出てからの行動はどう？」

白ビルを出て駅前の路地へ入ってからも、犯人は不可解な行動をしている。

向かい側から二人組の警察官が来ていた。なのに犯人は、わざわざぎりぎり彼らのそばまで近寄ってから、ようやくこのハンバーガーショップに入って職務質問を避けているのだ。

なぜだろう。逃げ込むための店ならもっと手前にだってあったのに。

実際、一軒目の居酒屋にしても、二軒目の小料理屋にしても、犯人は店のすぐ前まで行っている。入り口には暖簾が出ていた。つまり店はもう営業していたということだ。

だが、中に入るのを躊躇《ちゅうちょ》し、立ち去った。

なぜ……？

菜月はまた強くかぶりを振った。見当もつかない。

そのとき、隣の席に女性の二人連れが座った。

彼女たちの口から出てきたのは日本語ではなかった。中国語だ。

菜月が大学で選択している第二外国語はドイツ語だった。中国語の授業は受けたことがない。だから何を喋っているのか全く理解できないが、妙にリズミカルで耳に心地いい隣国の言語を横で聞いているうちに、ふと思いついたことがあった。

「ねえ、次は母さんがわたしに付き合ってくれる？」

「……いいけど、どこへ行くつもり？」

「いま来たルートだよ。それを逆から引き返してみたいの」

5

今度は菜月が啓子を引き連れるようにしてハンバーガーショップを後にした。

もう午後六時を過ぎているが、夏場の西空はまだ十分に明るい。

臙脂色の暖簾が出た小料理屋の前とコインパーキングを通り過ぎ、紺色の暖簾が出た居酒屋の前で立ち止まった。

「ちょっと思ったんだけど、もしかして犯人は、これを知らなかったんじゃないかな」

そう言って菜月は、扉を下まで隠す長暖簾を指差した。

「暖簾を知らないって、そんな人いる？」

「いるよ、たくさん」

ここでようやく啓子は目を見開き、「あ」の形に口を開けた。

「――そうか、外国人だ」

「正解」

「言われてみれば、飲食店の経営者から聞いたことがある。外国から来た人は、長い暖簾をカーテンと勘違いして、店が閉まっていると思い込んで帰っちゃうことがある、って」

「でしょ。つまり犯人は、居酒屋にしても小料理屋にしても、『暖簾が出ていたのに入らなかった』んじゃなくて、『暖簾が出ていたから入らなかった』んだよ」

「うん。その説明なら、すごく納得できる」

「じゃあ、次はこっちね」

菜月は足を速めた。

白ビルまで戻り、一階非常階段のドアを開ける。

ドアの上に「１」と出ているのをもう一度確認しながら言う。

「階数の表示って、例えば地面の階から三階までフロアに番号を振るとしたら、１、２、３になるよね」

「だね」

「だけど、そうじゃない国もある」

「ええ」啓子は頷いた。「たしかイギリスとか、その植民地だった国なんかは０、１、２って具合になるはず」

「そう。今回の犯人が、まさにそういう国から来た人物だったんだと思う。逃げるために慌てていた犯人は」

菜月は「１」のプレートを指差した。

「これを見て、ここが二階だと誤解したんじゃないかな。だから一階から外に出るために、もう一つ階段を下りた」

二人で地下一階へと下り、非常階段の扉の前で立ち止まる。

「ここにはまだ『Ｂ１』の表示がついていない。そのせいもあって、ますますここが０階、つまり地上階だと思い込んだ。これで犯人が、何かを探すようにして飲食店街をぐるぐる回っていた理由も分かるよね」

「ええ。そこが地下だと気づかないまま、ビルの外へ通じる出口を見つけようとしていたわけだ」

そう言って、啓子は両手を上げた。

菜月も同じようにして、母娘でハイタッチをする。犯人が何者なのかはまだ不明だが、逃走経路の謎に納得できる説明をつけられただけでも、かなりの前進だ。

「菜月、まだお腹に空きがある？」

「もちろん。フィッシュバーガーとカフェラテだけじゃあ、食べたうちに入らないよ」

「じゃ、約束を果たそう」

今度こそエスニック料理店へ足を運んだ。幸い、まだ空席はあった。

席に案内され、メニューを見ながら菜月は言った。「犯人はイギリス人かな」

「違うと思う。防犯カメラの映像では、どう見ても犯人は西洋人ではなくアジア人の体型をしていた。だから、イギリスじゃなくて、その植民地だった国の方じゃないかな」

「アジアでイギリスの植民地だった地域ってどこ？」

「インド、マレーシア、香港、あたりね」

「そういえば、母さんがこの前捕まえたのも香港人のギャングだったね。——じゃあ、なにかの縁と思って、これを頼んでみない？」

メニューにある「香港料理」の文字を菜月は指差した。胡麻《ごま》鶏、フカヒレの姿煮、蟹肉炒め、鳩の揚げ物などが出てくるようだ。

「どう？」

「……うん、それにしよ」

菜月は啓子の顔を見た。返ってきた声が急に張りを失っていたからだ。いつの間にか、かなり険しい顔つきになってもいる。

どうしたんだろう。ほんの数秒前までは、あんなに溌剌《はつらつ》としていたのに。

「もしかして、また新たな悩みが発生しちゃった？」

この問い掛けに、啓子は小さく顎を引いた。

「なぜ瑞枝ちゃんが襲われたのか。その理由を考えるとね……」

そうか。言われてみれば、その点も謎のままなのだ。

郵 便 は が き

料金受取人払郵便

牛込局承認

5517

差出有効期間
2025年6月
2日まで

162－8790

新宿区東五軒町3－28

㈱双葉社

文芸出版部 行

ご住所	〒		
お名前	(フリガナ)	☎	
		男・女・無回答	歳
メールアドレス			

ご購読ありがとうございます。下記の項目についてお答えください。
ご記入いただきましたアンケートの内容は、よりよい本づくりの参考とさせていただきます。その他の目的では使用いたしません。また第三者には開示いたしませんので、ご協力をお願いいたします。

書名（　　　　　　　　　　　　　　　　　　　　　　　　）

●本書をお読みになってのご意見・ご感想をお書き下さい。

※お書き頂いたご意見・ご感想を本書の帯、広告等（文庫化の時を含む）に掲載してもよろしいですか？
1. はい　　2. いいえ　　3. 事前に連絡してほしい　　4. 名前を掲載しなければよい

●ご購入の動機は？
1. 著者の作品が好きなので　　2. タイトルにひかれて　　3. 装丁にひかれて
4. 帯にひかれて　　5. 書評・紹介記事を読んで　　6. 作品のテーマに興味があったので
7.「小説推理」の連載を読んでいたので　　8. 新聞・雑誌広告（　　　　　　　　）

●本書の定価についてどう思いますか？
1. 高い　　2. 安い　　3. 妥当

●好きな作家を挙げてください。
（　　　　　　　　　　　　　　　　　　　　　　　　）

●最近読んで特に面白かった本のタイトルをお書き下さい。
（　　　　　　　　　　　　　　　　　　　　　　　　）

●定期購読新聞および定期購読雑誌をお教えください。
（　　　　　　　　　　　　　　　　　　　　　　　　）

6

「こんにちは。元気にしてたかな？」

菜月はベビーベッドの前で身を屈め、颯太の様子を覗き込んだ。

生後半年ぐらいなら視力は〇・一程度のはずだが、耳にした声で自分の見知った相手だと分かるらしく、乳児は無邪気な笑い声を上げた。

瑞枝が入院しているあいだ、颯太は彼女の親戚に預けられていた。環境が変わってさすがに不安だったのか、そこではわりと酷《ひど》く夜泣きをしたらしい。

菜月は瑞枝の方を振り返った。

「具合はどうですか」

「おかげさまで、歩けるぐらいにはなったみたい」

「よかった」

瑞枝が退院したのは昨日の午後だ。二週間以上も入院していたせいで、テーブルの上には留守中に配達された新聞が山積みになっている。

その山の頂上には今朝の地元紙が載っていた。読みかけらしく、社会面が開かれた状態で折り畳まれている。

【女性警察職員襲撃事件　容疑者を逮捕】

その見出しがつけられた記事は、もう菜月も読んでいた。内容を要約すればこうなる。

「杵坂警察署職員の片山瑞枝さんが何者かに襲撃された事件で、同警察署は、杵坂市内に潜伏中だった香港人犯罪グループのメンバー、郭清明《かくせいめい》容疑者（二六）を殺人未遂の疑いで逮捕した。郭容疑者は、自分が犯人であることは認めているが、動機については黙秘を続けている。なお香港人犯罪グループのメンバーは、ほかにも杵坂市内に潜伏していると見られており、杵坂署では引き続き捜査を進めている」

菜月の推理を、啓子が瑞枝事件の担当刑事に伝え、その情報が今回の被疑者逮捕につながったことは言うまでもない。

郭清明。この犯人がどんな人物なのかもっと詳しく知りたかったが、郭の顔写真についてはどの新聞も掲載していなかった。

新聞から目を転じ、菜月は啓子の表情を窺った。

啓子も二時間だけ年休を取得することができたため、二人でこうして瑞枝の家に見舞いに訪れたところだった。

先日、エスニック料理店から自宅に戻ると、年休は撤回するつもりなのか、啓子は泊まり込みの準備をして杵坂署へと出勤していった。

その後は、三日に一度ぐらいしか家に帰ってこなくなった。犯人が外国人らしいと判明したため、自身も瑞枝襲撃事件の捜査に加わることになり、執念を燃やして仕事に打ち込んだからだ。

そのあいだ、啓子はずっと厳しい顔つきをしていたが、それは犯人である郭を逮捕したあともなぜか変わらなかった。

いまは瑞枝の回復を祝うべき場面だが、今日も母は笑顔を見せていない。胸中に何か大きなわだかまりを抱え続けているらしく、表情は相変わらず硬いままだ。

「瑞枝ちゃん、ごめんね」

啓子は瑞枝の前で深々と頭《こうべ》を垂れた。

「ちょっとやめてくださいよ。啓子さんがわたしに謝る筋合いなんてないんですから」

そのとおりだ。犯人逮捕が遅れたからといって、それは母の責任ではない。

それでも啓子は頭を下げ続けている。

「ねえ、菜月ちゃん」

啓子の行動に手を焼いたらしく、瑞枝は、

「わたし、まだ頭痛と眩暈《めまい》がするから、颯太の世話を菜月ちゃんにお願いする機会も増えると思う。引き続きベビーシッターをやってもらえるかな」

そんなふうに話題を変えてきた。

「もちろんです。まかせてください」

啓子の沈んだ様子とは対照的に、瑞枝の声はかつてないほど弾んでいた。

今回の事件で、夫が反省していることが分かったからだろう。再婚してやり直すことも考えている。そう瑞枝は言った。

「じゃあ、このあたりで失礼しましょうか」

啓子の言葉に従い、菜月も一緒に瑞枝の家を辞した。

自宅へ戻る途中、カフェ『異邦人』の前を通りかかると、啓子は足を止めた。

「この前、あんたはこの店でインタビューを受けたのね」

「そう」

「ちょっと入ってみよう。もし空いていたら、この前と同じ席に案内してくれる？」

「いいよ」

インタビューを受けた席に客はいなかった。その隣、黒いTシャツを着た男がいた席も空いている。

菜月は、前回と同じ場所に腰を下ろした。向かいに啓子が座る。

二人ともホットココアを注文した。六月にしては、今日の気温はかなり低めだ。ともすれば毛糸のセーターが欲しいぐらいだった。

「母さん、このところずっと不機嫌そうだよ。何をそんなに怒ってるの？」

ここ数日感じ続けていたことを、思い切って口に出してみた。

先日、エスニック料理の店でメニューを見ながら香港料理をオーダーしようと相談した。あのとき以来、啓子の笑顔を一度も見ていない。ようやく瑞枝襲撃の犯人が捕まったというのに、だ。

たしかに、一仕事を終えたあとの啓子が、常に晴れやかな顔をしているかといえば、そうではなかった。被疑者逮捕が刑事にとって嬉しいこととは限らない。特に、子殺しなど弱者が被害に遭った事件では、犯人と間近に接触したことでかえって怒りが増幅してしまうこともある。

だが、ここまで強く怒気を纏《まと》っている母を見たことは、かつてなかったはずだ。

気になるのは、単純に怒っているだけではなく、同時に怯《おび》えの念も覗かせている点だ。

こちらの言葉を無視するように、啓子は顔を横に向けた。

「あの席だよね。あんたを菜園まで追いかけてきた男が座っていたのは」

「うん」

すると啓子は持っていたバッグを開け、そこから折り畳まれた紙を一枚取り出した。折り込み広告のチラシだ。いや、以前啓子が自宅キッチンのテーブルで描いた、あの男の似顔絵だった。

「なんだ、母さん、それまだ持っていたの」

「この人、カフェの料金をテーブルに置いて出ていった、って言ったよね」

「うん」

「あんたはそれを『気障』って表現したけれど、海外では珍しくないマナーだよ」

「まあ、言われてみれば、そうだね」

菜月は運ばれてきたホットココアを啜《すす》った。

「ってことは」啓子は似顔絵の上に、とんと人差し指の先を載せた。「この男も外国人だったってことになる」

「ちょっと待って。どうしてそう断言できるの？　〝気障な日本人〟の可能性だって残ってるじゃない」

「残ってない。なぜなのかは、この男の名前を聞けばあんたにも分かる」

「わっ、名前を突き止めたんだ？　何ていう人だった？」

「郭清明」

啜っていたココアを噴き出しそうになった。

啓子の顔を覗き込む。冗談を言っている目ではなかった。

カフェで見かけて、菜園でも会ったこの男が、香港人犯罪グループのメンバーで瑞枝を襲撃した犯人だというのか。

「どうして郭に瑞枝ちゃんが狙われたのか、その理由もいまならわたしは知っている」

「教えてっ」菜月は急《せ》き込んでテーブル越しに啓子の方へ上半身を乗り出した。「動機は何だったの」

「ないよ。動機なんてゼロ」

「え……」

菜月が頭を空転させていると、啓子の上半身が傾いた。足元の箱からキャベツ畑人形を取り出すためだ。

姿勢を元に戻し、母は人形を膝の上に置いた。

「いい？　将来、あんたが誰かと結婚して、赤ちゃんを産んだとする」

なぜ郭は瑞枝を襲ったのか。そういう大事な話をしているときに、まったく訳の分からない方向へと啓子の話は飛んだ。

脳内の混乱に拍車がかかる。

何か言おうと菜月は口を開きかけたが、啓子はそれを手で制した。

「いいから聞いて。——その赤ちゃんを、祖母のわたしがこうして抱っこしていたとする」

この前、菜月が颯太にそうしたように、自分の胸と人形の背中を合わせる格好で、啓子は人形を体の前に抱いた。

「そこへ、外出していたあんたが帰ってきたとしたら。わたしはきっと、こんなふうにするでしょうね」

啓子はキャベツ畑人形の手首を持って、軽く振りながら言った。

「お帰り、ママ」

「……ただいま」

啓子の意図を図りかねたまま、菜月もどうにか調子だけは合わせて、人形に向かって手を振ってやった。

「だけどね、菜月。いまのはおかしいと思わない？」

「どこがよ」

「わたしにとって、あんたは何」

「娘に決まってるじゃない」

「だったらどうして、いまわたしはあんたを『ママ』って呼んだわけ？　『娘』でも『菜月』でもなく」

「どうしてって、それが普通でしょ」

家族内で呼び合う場合は、その家で一番最後に生まれた人間から見て誰は何にあたるかを考え、その呼称を使う。それが日本の習慣であり、日本語の特徴だ。

「その普通が、外国人に理解できると思う？」

菜月は首を横に振った。

「そんなの、よっぽど長くこの国に住んでいないと無……」

——無理だよ。

そう続けるつもりの言葉が途中で途切れた。

同時に、戦慄が静かに背筋を這い上ってきた。

そういうことか。

やっと分かった。

なぜ瑞枝は郭に狙われたのか。

さっき瑞枝の家で、なぜ啓子は彼女にしつこく謝ったのか。

どうしてこれほど啓子は怒りに打ち震え、そしてわずかに怯えてもいるのか。

それらの理由がやっと理解できた。

全身から力が抜け、菜月はたまらず持っていたココアのカップをテーブルに戻した。

言ってみればそれらは全て——わたしのせいなのだ。

先日、いま座っているこの席でインタビューを受けたとき、わたしは記者に喋った。

刑事をしている母親が近ごろ香港人犯罪グループのメンバー逮捕に貢献した、と。

たまたま隣の席に座っていた男の正体が郭清明だと知る由もなく。

わたしの言葉を聞きつけた郭は、先に店を出て、わたしを尾行し始めた。

この女の母親は仲間の仇だ。顔を確かめて復讐してやる。

そう考えて。

郭は、わたしが瑞枝の家へ行くと物陰で張り込みをし、再び出てくるのを待ち、何食わぬ顔で市民菜園までついてきた。

そしてあの場所で、颯太を抱いていたわたしは、あとから来た瑞枝をこう呼んだ。

――「ママ」

そう呼んでしまった。

その瞬間、郭は瑞枝をわたしの母親として認識した。

彼女の顔を、仇を討つべき標的として目に焼きつけた。

しかも、キャベツが苦くなかった人は挙手してほしいと農家の男性が言ったとき、わたしも瑞枝も手を挙げた。

その味覚の特徴は遺伝する、と農家の男性は付け加えた。

あの出来事が、郭の勘違いをより強固なものにしてしまった。

もしも。

もしも、そのような錯誤が起きなかったとしたら。

その場合、いまごろ郭に襲撃されて重傷を負い、下手をすれば殺されていたかもしれない人物は――。

体が悪寒に包まれるのを感じながら、菜月は顔を上げ、母親を見やった。

郭は捕まったが、同じグループの仲間はほかにもいて、市内のどこかに潜伏しているらしい。

正面に座る啓子の顔は、赤ん坊の人形を抱いていても、少しも和らいではいなかった。

落ちた焦点

1

耳の近くでブンと音がした。六月も下旬に入り、これから本格的に暑くなる。蚊の飛び回る音を聞く機会も増えるだろう。

羽《は》角《ずみ》啓《けい》子《こ》は、助手席のサイドウインドウを半分ほど下ろした。手を振り回し、耳元で飛びまわる厄介な虫を車外に追い払おうと試みる。

運転席の美《み》樹《き》本《もと》が、あっと声を上げたのはそのときだった。

「どうかした？」

「右目です」

「え？」

「ぼくの右目です」

見ると、美樹本の右目に小さくて透明な物がぶら下がっている。コンタクトレンズだ。大きさからいってソフトタイプのそれらしい。

啓子は運転の邪魔にならないよう美樹本の顔に手の平を添え、下に落ちる前にレンズを受け止めてやった。

「頼むから電柱にぶつけたりしないでよ」

本気で心配になる。なにしろ、このダークグリーンのセダンは今月納入されたばかりの新車だ。

「ちょっとでも傷をつけたら、あんた、先輩たちから袋叩きにされるからね」

「大丈夫です。左の目はちゃんと見えていますから」

行く手の左側にコンビニがあった。

「とりあえず、あそこの駐車場に入って」

美樹本がハンドルを切り、そのとおりにした。

「この店でトイレを借りて、洗面台で入れ直してきなさいよ」

「そうします」

美樹本が車を降りる。ダッシュボードに搭載してある無線機が受信音を立てたのは、ちょうど彼の姿が店内に消えたときだった。

《杵坂《きねさか》市の山間部で女性の変死体発見との入電あり。現場は能木山《のぎやま》の中腹。関係部署は臨場願います》

そのアナウンスが終わると同時に、上着の内ポケットでスマホが震えた。端末に表示されているのは刑事課長の名前だった。

《羽角か。いまどこだ》

「学校からの帰り道です」

先ほど警察学校で、県警各署の刑事課員を対象とした接遇講習を受けてきたところだ。今回の講習は全部で二回あり、その一回目だった。二回目の開催は約三か月後の予定になっている。

《美樹本も一緒だな》

「はい」

《無線連絡は聞いたか》

「いま聞きました」

《じゃあ美樹本と一緒に、そのまま現場へ向かってくれ。能木山を登っていくと展望台があるだろ。そこだ》

「すぐに向かいます」

通話を終えたとき、店から出てきた美樹本が運転席のドアを開けた。

「お待たせしました」

「いま連絡があったんだけど、事件発生だよ。女性の変死体が見つかったって。場所は能木山。どう行けばいいか分かるよね」

能木山は、杵坂市の西端部にある標高四百メートル程度のちっぽけな山だった。ここからならほぼ一本道だ。迷いようがない。

「はい。大丈夫です」

「だったらほら、急いで出して」

美樹本が車を発進させた。

「あんた、コンタクトレンズなんてやめて、ずっと眼鏡にした方がいいんじゃないの」

「いいえ、ぼくは近視の度合いが強いので、コンタクトでないと駄目なんです。度が強くなればなるほど、眼鏡の場合はレンズが厚くなって、物が実際よりも小さく見えてしまいます。それでは捜査の仕事に差し支えますので」

淡々とした口調で言う。

普段コンビを組んでいる黒木《くろき》が、人事交流のメンバーに選ばれ、他県の警察本部へ一年間の予定で出向していった。それが半年前のこと。そのあいだ、黒木に代わって相棒兼弟子となったのが、この美樹本淳邦《あつくに》だ。

そう、彼は弟子でもあった。美樹本は刑事になってまだ半年とキャリアが浅い。課長からは「教育係も兼ねてくれ」と言われている。

「でもコンタクトって痛いんでしょ？」

「まったくそんなことはありません。特に、ぼくが使っているソフトレンズはドイツの会社が特別な技術で作っているものですから」

「へえ。最先端の最高級品ってことね」

「はい。異物感はゼロです。ただ長く使っていますので、さすがに経年劣化で形が少し変わったらしく、最近は右目の方が落ちたりズレたりすることが多くなってきました」

「異物感がないんじゃあ、落ちたのかズレたのか判別できないでしょうに」

「ええ、それでよく、レンズの居場所が分からなくなって焦ったりします」

「そういえばコンタクトって、目の中に入ったままになっているのに何日も気づかないってこともあるんだってね」

美樹本は頷いた。

「三年間も眼球の端っこに張りつかせたままだった、という人の話を聞いたことがあります」

「ナイフの刃先や拳銃の弾が体内に入っているのに、何十年も知らずにいた、なんて事例もごろごろしているぐらいだからね」

刑事という仕事をしていれば、そうした話をよく耳にする。

「まあ、コンタクトレンズ程度で驚くこともないか」

そんな気のない言葉を返したあと、ふと、啓子は思い出し笑いをした。

「どうしました」

「なんでもないよ」

二十六年ほど前になる。菜月を産んだあと、本来ならば育児休暇中である期間に、家でも自分で捜査資料を作り、そのとき担当していた仕事に没頭することが多かった。奮発して高価な籐の揺り籠を買い、菜月《なつき》の世話はすべてそれに任せて、だ。

世の中には、子供を産んだことすら意識から抜け落ちてしまう者もいるぐらいなのだ……。

車は田園地帯を抜け、山道に入った。

美樹本はカーナビを指差した。

「この先にＹ字路があるようですね。どっちの道に進めばいいんでしょうか」

啓子も困った。先を行く警察車両でもあればそれについていけばいいのだが、あいにく近くを走るほかの車は見当たらない。

「そこまで行けば分かるんじゃないかな」

こういう場合、先に臨場した制服警察官が一人、分岐点に立っているのが普通だ。

だがＹ字路に差し掛かっても、案内係らしき人物はそこにいなかった。

とりあえず真っ直ぐ登っていくよう啓子は指示した。

課長は現場を「展望台」と言っていた。道沿いにあって、市内が一望できるようなちょっとしたスペースのことだろう。

ほどなくして、それらしきものが見えてきた。道路脇の土地が十台ほど車を停められる平地として整備されていて、申し訳程度の柵で囲まれている。

しかし、いまその場所に停まっているパトカーは一台だけだ。人員はと言えば、現場保存に当たっている制服警察官が、これもたった一人に過ぎない。

本当にここが現場なのだろうか。疑いつつ、念のため「捜査」の腕章を着け、ヘアキャップと手袋、靴カバーを車内で装着してから降りた。

立ち入り禁止テープの前で立っていた制服警察官が、こちらへ近づいてくる。

彼は敬礼してから柵の方を指差して言った。

「あの先が高さ三十メートルほどの崖になっています。変死体が見つかった現場はその下です。刑事と鑑識のみなさんは、まずはそちらを見てから、こっちに移動してくるつもりのようですね」

いまの説明で理解できた。崖の上と下。現場は二つあるのだ。そして、まずは下に行くべきところを間違えて上の方へ来てしまった、ということだ。Y字路には案内係がいたはずだが、たまたま持ち場を離れたタイミングであそこを通ってしまったらしい。

「ありがと」

制服警官に礼を言い、啓子は美樹本を振り返った。

「せっかく来たんだから、ちょっとこっちの現場から見ていきましょう」

規制線の中に入り、歩いて崖の方へ進んだ。

地面は砂利敷きだが、管理者が手を抜いているのか、いまは踝《くるぶし》ぐらいまである雑草に覆われている。

柵は啓子の腰下までしか高さがないから、ぎりぎりまで近づくと怖い。

横木に手をかけて覗いたところ、なるほど目測でちょうど三十メートルほど下に鑑識係のユニフォームがひしめき合い、その中央に女性らしき姿の人間が倒れているのが見えた。

「じゃあ、下へ行きましょうか」

啓子がそう声をかけたとき、美樹本が急にその場に屈みこんだ。

「どうしたの。何か見つけた？」

「いいえ、また落としたようです」

コンタクトレンズのことだ、とすぐに分かった。

美樹本は付近の草とその隙間から覗く砂利を見回していたが、ほどなくして、

「ありました」

草の上から小さく透明なドーム型の物をつまみ上げた。

「あのね美樹本、捜査員が自分で現場に遺留品を増やしてどうすんのよ。刑事失格でしょうが」

刑事失格――かなり強い言葉だ。口にしたあと言い過ぎたかと悔やんだが、

「気をつけます」

言われた本人はケロッとしている。

啓子はそっと溜め息をついた。どうして菜月は、こんな男を気に入ってしまったのか……。

「もう。だからコンタクトはやめて眼鏡にしなって。ちょっと動くたびに外れていたんじゃ仕事になんないから。いい？　これは係長としての命令だからね」

「承知しました」

美樹本は拾ったレンズをティッシュに包み、胸のポケットに入れた。

「下の現場までわたしが運転していくから、いま眼鏡に取り換えなさい」

「すみません。そうします」

二人で車に戻った。

「水道がなくても、取り外しできるんでしょ」

「できます」

助手席に座った美樹本は、自分のセカンドバッグからコンタクトレンズのケースを取り出した。

ティッシュにくるんでいたレンズをそれに収納する。続いてピンセットらしきもので器用に左目のレンズを外し、同じようにケースに収めてから黒縁の眼鏡をかけた。

Ｙ字路のところまで戻り、崖の下へ向かった。

さっきの閑散とした現場とは違い、こちらには鑑識のワゴン車、機動捜査隊の覆面パトカー、交番の白黒パトカーが何台も道路脇に並んでいる。

その最後尾にセダンを停めた。

規制線をくぐり、顔見知りの捜査員と軽く挨拶を交わす。

忙しく動き回る鑑識係たちの姿。その隙間から、先ほどもちらりと目にした女性の体が見えた。薄黄色のワンピースを着ている。

近くに停まっていた救急車がサイレンも鳴らさず引き上げていくと、入れ替わるようにしてマスコミの連中が駆けつけてきた。その中には、地元の新聞社で社会部記者をしている菜月の顔もあった。

菜月は、母親よりも美樹本の方へ先に目配せをした。

辛抱強く待っていると、ようやく鑑識の係員たちが遺体のそばから離れていった。

今度は刑事たちがその近くに寄っていく。啓子も美樹本を引き連れ、女性の足元に立った。

合掌しながら直感で思う。たぶん殺しだろう、と。

年齢は三十代か。顔を横に向け、目は閉じている。瘦せ型で頬がややこけていた。上から見れば「卍」のように曲がった手足は、すでに硬直している。

「おまえたち、ちょっといいか」

少し離れた場所に立っている刑事課長から手招きをされ、啓子と美樹本は彼の方へ駆け寄った。

「あそこに爺さんがいるだろ」

課長の指差した方向を見やると、作業着姿の年配男性が一人立っている。腰が少し曲がっていた。

「あれが通報者だ。あの人から遺体発見時の状況を詳しく聴いておいてくれ」

「はい」

年配の男性は和田《わだ》と名乗った。

能木山の麓《ふもと》から少し上がったあたりに住んでいるという。年齢は先月八十になったとのことだった。

「わたしは農家で、自宅の前で野菜を売ったりしています。よくこのあたりまで散歩に来るんですよ。今日も昼食を取ったあと、ここまで歩いてきて、あの女の人が倒れているのを見つけたんです」

携帯電話を持っていなかったので通報が遅れました。そう詫びたあと和田は続けた。

「実はわたし、あの女性を昨晩も見ています」

「本当ですか」思わず啓子は和田との距離を一歩詰めていた。「それは何時ごろです？」

「午後八時ごろでしたかな。車に乗って、うちの前を通ったのを窓から見ました」

「暗くても見えたんですか」

「はい。家の前に飲み物の自販機がありましてね、その明かりで見えました。登山する人がよくジュースを買っていくので置いてるんですが、あの女の人も買っていったんです」

自宅の二階から、窓の外にその自販機が見えるという。距離にして二十メートルぐらい先だそうだ。

「その車には、ほかに誰かが乗っていましたか」

「はい。男の人が運転していましたね」

もし女性の死が他殺なら、嫌疑は俄然その男にかかってくる。

「その男の顔を見ましたか」

見たと言ってくれ。啓子は祈るような気持ちで和田の口元を見つめた。

2

能木山の現場から杵坂署に戻り、捜査会議に参加した。それも終わって家に帰り着いたころには、時刻は午後九時に近かった。

自宅の車庫には菜月の車があった。娘の方が帰りが遅いことも珍しくなくなったが、今日はもう戻っているようだ。

啓子は自分の車をその横に停め、家の中へ入った。

「ただいま」

リビングのソファに座り、啓子は自分で自分の肩を叩いた。

「お帰り。午前中は警察学校で講習会に参加、午後は山の中の現場へ臨場。母さんは今日も大忙しだったね。――講習会って二回目もあるんでしょ？」

「そう」

次回は九月二十五日に開催される予定だ。

「実はね、そのときわたしも警察学校へ行って、その講習会を取材することになったんだ」

「ええ、やめてょ。仕事中に娘になんか会いたくないって」

「何言ってんの。今日だって崖下の現場で顔を合わせたばっかりじゃない。そもそも上の命令だから、わたしにはどうしようもないよ。――さ、ご飯を食べて」

今日の料理当番は菜月だ。キッチンに入ると、テーブルにはすでに食事が準備してあった。

食卓に着いた。菜月が向かい側に座る。その顔をそっと観察した。

いまの顔はどっちだ。娘のそれなのか、記者のそれなのか……。

明らかに後者だった。悪い表現を使えば、両方の目が狡猾《こうかつ》な光を帯びている。あれは、どんな情報でも見逃すまいとする抜け目のない記者の視線だ。いまから数時間前、山中の現場で会ったときの表情を、菜月はそのまま家庭に持ち込んでいる。

「母さんの帰宅はもっと遅くなるかと思ったけど案外早かったね。ってことは、まだ自殺なのか、他殺なのか、事故死なのか分からないわけだ」

口から出たのは案の定、事件の話題だった。

菜月の言ったとおり、現段階での杵坂署の発表では「自殺、他殺、事故死の別については捜査中」となっている。だが実際には、他殺に間違いないとの見解で一致していた。今日のところは帰宅できたが、たぶん明日からは、しばらく泊まり込みになるだろう。

「死亡者はあの現場までどうやって行ったのか。徒歩とは考えにくい。かといって、車やバイクが置き去りにされている形跡はなかった」

菜月は独り言のように言い、じっとこっちの表情を窺ってくる。自分の投げた言葉に、母親がどんな反応を示すかを見ているのだ。そうやって記者会見になかった情報を得てやろうという魂胆だ。

他紙の摑んでないネタを母親から得られれば、会社にいる記者に電話なりメールなりで伝え、まだ締切まで余裕がある版に新情報を滑り込ませられる。

一方、こちらとしては、広報課の発表を踏み越える内容を口にするわけにはいかない。警察は熟慮したうえで、流していい情報の範囲を決めているのだから。

そうしたネタをめぐる駆け引きが、事件発生のたびにこの家では行なわれていた。強行犯係の刑事と社会部の記者が同じ家に住んでいれば、当然そのような事態が起きる。

啓子は、菜月の言葉が聞こえなかったふりをし、ついでに娘から視線もそらし、テーブルに顔を向けた。

目の前に並んでいるのは、白米、酢豚、サツマイモの甘煮、漬物、果物の盛り合わせ、といったところだ。果物は、メロンやマスカットなど甘いものが少なく、オレンジやキウイなど酸っぱいものが主になっている。

菜月は酸っぱいものが苦手だが、今日はそれが多めに用意してあった。母親の好物だからだ。

このあたりからも刑事の重い口をこじ開けようとする記者の魂胆が透けて見える。

「死因については、崖からの転落で全身打撲による外傷性ショック」

これは記者会見で発表された内容だから、頷いてやってもかまわない。

「死亡者が能木山の展望台の方へ行くのを見た目撃者がいた」

これは無視した。和田の証言はまだ部外秘の扱いだ。

――見ましたよ、はっきりと。ちゃんと覚えています。

「運転していた男の顔を見たか」という質問に、和田はそう答えてくれた。

美樹本と顔を見合わせたあと、啓子は思わず内心で拳を握った。ありがたい。もし他殺なら、状況からして運転していた男が犯人とみて間違いない。和田の証言があれば、解決は難しくないだろう。

「ほら、独り言ばっかり言ってないで、あんたも箸を動かしなさいよ」

菜月に言い、啓子は食べることに専念した。咀嚼《そしゃく》するペースが速くなったり遅くなったりしてもいけない。どんなカマをかけられても、何ら変わった反応を示さないようにしなければ。

「彼女は犯人と揉み合ったすえ、崖の上から押されて転落した」

「へえ、怖いわね」

また啓子はとぼけた。はっきりした足跡は採取できなかったが、崖上の草地で複数の人物が揉み合いになった形跡は見つかっている。

「だが崖の上、下のどちらからも、犯人のものと見られる遺留品は見つからなかった」

「そういえば菜月。あんたの彼氏はもっとしっかりしないと駄目だね。今日なんて、うっかり現場に自分の遺留品を残すところだったよ」

　コンタクトレンズを目から落としたという美樹本が、それを草の上から拾い上げたことを菜月に話してやった。

「そうなんだ。分かった。わたしからも注意しておく」

　美樹本とコンビを組んですぐのころ、彼をこの家に連れてきて菜月と会わせた。その直後から、二人は交際を開始したようだった。

　少し前に一度、本当に美樹本が好きなのか、と訊いてみた。菜月は照れながらもはっきりと頷いた。

　結婚して子供を作ることまで考えているのか。そう踏み込んで質問すると、肯定こそしなかったが、かといって否定もしなかった。

「美樹本さんと一緒になりたい、って言ったら賛成してくれる？」

　反対に菜月の方から訊かれ、啓子は返事を濁した。

　いま菜月は二十六歳、美樹本は二十八歳。年齢的にはちょうどいい。何より自分がかつて先輩刑事と結婚した身だから、反対する資格はない。とはいえ、あの美樹本では諸手《もろて》を挙げて賛同するわけにはいかない。

まさか菜月の好みがああいうタイプだったとは意外でならない。たしかに外見はいい。体形はすらりとして長身、顔もどうにか男前の部類に入ると思う。しかし中身が問題だ。飄々《ひょうひょう》とし過ぎているのだ。娘の相手には、もっと人間味が豊かで温もりの感じられる男性を、と密かに期待していたのに……。

「で、あんたたちの仲は、いまどこまで進んでるのよ」

酢豚を頬張りながら訊いてやった。うるさい記者の口を黙らせるには、こっちからも矢継ぎ早に質問を繰り出してやるのが一番だ。

攻守が交代し、今度は菜月が黙って食事に手をつけ始めた。

「もう寝たの？」

畳みかけてやると、菜月は口に入れていたサツマイモの甘煮を少し皿の上に噴き出し、頬を赤く染めた。

「母さんね」

菜月は手にしていた箸を茶碗に叩きつけるようにして置いた。本気で怒ったらしい。

「親子の間でそういう生々しい言葉を使うのはやめて。ましてや食事中だよ」

菜月が眉間に皺を寄せてそっぽを向いたため、啓子も口をつぐんだ。

3

坪井《つぼい》の家は杵坂市の繁華街にあった。

車庫に車が一台置いてある。黒いハッチバックだ。

サイドウインドウ越しに中を覗いてみた。ぱっと見たかぎり不審な点はなさそうだ。

コンタクトレンズから眼鏡に替えた美樹本の顔に向かって合図を送ると、彼は頷いてインターホンのボタンを押した。

《どちら様ですか》

「杵坂警察署の者です」美樹本が答える。「お邪魔してすみません。ちょっとお話を伺いたいので中に入れていただけませんか」

啓子は美樹本の背中を見つめた。濃紺のスーツに菜月の顔が浮かび上がったが、意識して消す。いまは聞き込みに専念するときだ。

《いいですよ。どうぞ》

ロックが外される音がし、ドアが開いた。

坪井建郎《たけろう》は四十がらみの男で、眼鏡をかけていた。レンズの向こう側にある部分だけ、顔の輪郭がずれて見えている。美樹本と同じく近視の度数は強めのようだ。

二人そろって名刺を差し出したあと、啓子はもう一度、相棒兼弟子に目配せをした。

美樹本が再び口を開く。「片平晃子《かたひらあきこ》さんという方をご存じですね」

質問は主に美樹本にやらせることにした。少しでも経験を積ませるためだ。

「ええ。知り合いです」

「片平さんは、三日前の六月二十三日に、能木山の崖下で遺体になって発見されました」

坪井は短く洟をすすった。

「わたしも存じてます。新聞で読んで本当にびっくりしました。彼女の葬儀は明日なんですよ。わたしも参列させてもらう予定です」

鑑識係が現場で撮った顔写真。それを持って刑事たちが聞き込みをした結果、死亡した女性の身元が市内に住む片平晃子、三十二歳と判明した。

晃子の住居にあった手帳から関係者を洗い出し、手分けして鑑取り捜査を実施することになった。そうして啓子と美樹本に割り振られた捜査対象者がこの坪井だった。

「ところで刑事さん」坪井は前のめりになった。「現場から何か見つかりましたか。犯人の手掛かりになるようなものは」

「他殺とはまだ言ってませんが」

坪井は乗り出していた上半身を引っ込めた。

「だって、彼女が自殺するとは思えませんよ。別段、悩んでいる様子もなかったですし」

「なるほど。それで坪井さんは、どんな経緯で彼女とお知り合いになったんですか」

「わたしは商店街で深夜営業の飲食店を営んでいます。片平さんはわたしの店の近くで手芸店をやっていて、うちの常連客になってくださったんですよ。まあ、経営者と客という関係ですね」

「私的な付き合いはありましたか」

坪井は頭を掻いた。形ばかり掻いてみせた、といった仕草だった。

「お互い独身ということで、個人的な付き合いも、そりゃあちょっとはありましたよ。簡単なデートをするぐらいは」

「一緒に能木山へ行かれたことは？」

「ないですね」

坪井の目が一瞬泳いだのを啓子は見逃さなかった。

「六月二十二日の夜はどこでどうしていましたか」

「ちょっと待ってください」

坪井は近くに置いてあったセカンドバッグに手を伸ばし、そこから手帳を取り出した。栞紐《しおりひも》が挟んであったページを開く。

「あの日は、起きたときからずっと午後九時までこの家にいました。それから、いつもよりちょっと遅れて午後十時十五分ごろに店を開けています。団体さんの予約があって、貸切営業でしたね。普段どおりお酒を出して、料理を作って、接客しましたよ。午前三時に営業を終えて、それから掃除をいつもより念入りにやったものですから、店を出たのは午前四時半ごろになりました」

それだけを一気に喋った。

「ほかの従業員は？」

「バイトの学生が一人だけです。もう一人ぐらい欲しいんですが、経営的にも厳しくて、とても雇えません」

「あなたが午後九時までこの家にいたことを証言してくれる人はいますか」

晃子の死亡推定時刻は午後八時半ごろだ。

「いませんね。だって家に一人でいたんだから、証人なんていないのが普通ですよね」

坪井は少々むきになり、美樹本を睨み、続いて啓子の方にも目を向けてきた。

その視線をそらすようにして、啓子は室内を見渡した。

部屋は片付いている。小物が少なく、すっきりとした印象だった。言ってみれば、凹凸の少ない部屋だ。この坪井という男、小さなものは収納しておかないと気が済まないタイプなのかもしれない。

部屋の隅には、片手で持てるタイプの掃除機がスタンドに立てかけてある。そのノズルはＴ字型のやつではなく細長いままだ。先端には輪ゴムを使ってストッキングを被せてある。

近くのサイドボードには写真が飾ってあった。坪井と晃子が一緒に写っている。この写真では、坪井は眼鏡をかけていない。

「これをお借りしてもいいですか。被害者のお顔が分かる資料は捜査の役に立ちますので、少しでも多い方が助かるんです」

そう言って啓子が写真から顔を戻したところ、坪井は目元から敵意を消した。

「どうぞ。でもその必要はありませんよ」

「どうしてです」

「ネット上にわたしのやっている店のサイトがあります。自分で撮った写真は、私的なものも含めてそこに全部アップしていますので、誰でも見られますから」

「なるほど。お店の名前は何とおっしゃいます？」

「『ダイニングバー・クリフ』です」

クリフ——崖か。奇しくも事件現場と同じ名称だ。

「ありがとうございました」

坪井の家を辞した。

乗ってきた捜査車両は、近所のコインパーキングに停めてある。そこまで歩きながら啓子は言った。

「美樹本、いまの訪問で気づいたことを挙げてごらん」

「坪井はかなり怪しいと思います。他殺であることを知っているようでしたし、何よりアリバイの申し立てがスムーズすぎました。あの口調は、刑事の来訪を予想してあらかじめ練習しておいたものでしょう」

啓子もそう感じた。

「手帳の栞紐も、前もって事件の日に挟んでありましたし」

なかなかいい観察眼だ。人間味の希薄な男だが、刑事としての目は悪くない。

「坪井が犯人だとするよ。じゃあ、どうして晃子の死体を隠さなかった？　普通なら、崖から突き落としたあと、発覚を遅らせるために埋めたりするでしょ。あるいは死体を焼いて身元を隠すとか」

「殺したのは想定外だったんでしょうね。地面に埋めたかったが、計画した殺しではないからスコップなんかは持っていない。だから、いったん家に帰って、道具を積んでから、また現場へ戻りたかった」

「それで？」

「しかし、坪井は飲食店の経営者です。当日は団体の予約があって、自分のほかにバイトが一人しかいなかったので、どうしても店を開けざるをえなかった。無理に休めばかえって怪しまれますし」

「続けて」

「いまは夏場ですから、朝の四時にもなれば、もう明るくなってしまう。店の終わりが三時では、とても現場に戻って埋めている時間はない。だからあきらめるしかなかった」

「よし。美樹本、あんた、なかなかいい線いってるよ」

「ありがとうございます。ところで係長はお気づきでしたか」

「何に？」

「掃除機のノズルにストッキングが被せてありましたね。ぼくにはあれが印象的でした」

「うん。あれね、うちでもときどきやるよ」

小物をごちゃごちゃ置いている場所から埃を取り除きたいとき、あの方法が重宝する。

「でも部屋には小物がほとんどありませんでした」

「そうね。じゃあ針でもカーペットに落として、それを拾おうとしたのかも」

こうして聞き込みに来る前に、坪井については一通りの事前調査を済ませていた。

その結果、彼の店は資金繰りが悪化していることが判明した。一方、被害者の片平晃子は、手芸店の経営が順調で小金を貯めていた。

たぶん六月二十二日の夜、坪井は晃子を能木山の展望台まで誘い出し、「金を貸してくれ」と頼んだのではないか。

深い付き合いだし、当然、承諾してもらえるだろう。そう坪井は踏んでいた。ところが案に相違して晃子に断られたのではないのか。

頼れるはずだと信じ込んでいた人から冷たくされる――こういう場合にこそ、よく殺人が起きるのだ。

コインパーキングまで戻った。

美樹本が精算機で駐車料金を払っているあいだ、啓子はスマホでネットのサーチエンジンを開いた。

ここへ来る前に「坪井建郎」で検索してみたが、ヒットしたのは同姓同名の別人だけだった。

しかし「ダイニングバー・クリフ」でサーチをかけると、なるほど店のサイトがあり、坪井の顔写真も多く載っている。

いま会ったときと少し印象が違うのは眼鏡のせいだ。ネット上の写真には、それをかけているものが一枚もない。

啓子は課長に電話をかけた。美樹本にも聞かせるようにして言う。

「坪井の顔写真を見つけました。これから和田さんのところへ行って、これを使って面通しをしたいと思いますが、かまいませんか」

《いいだろう。よろしく頼む》

先日会ったとき和田は、いつも家か畑のどちらかにいるから、アポなしで来てもらっても大丈夫だと言っていた。

結局、現場の鑑識捜査では、犯人のものと思しき遺留品を何一つとして見つけられなかった。だが和田の証言さえあれば十分に裁判を闘えるだろう。

車に乗った。美樹本がアクセルを踏むと、啓子は助手席で、車内に置いてあった十五インチのノートパソコンを膝に載せた。

今度はこのラップトップを使って再度「ダイニングバー・クリフ」のサイトにアクセスする。そして坪井が正面を向いていて、なおかつ背景が無地の写真を一枚探し、コピーして保存した。

次に、ハードディスク内にある「ダミー写真」と題されたフォルダを開いた。

このフォルダには、面通しで使う攪乱《かくらん》用の顔写真が多数保存されている。そこから、できるだけ坪井に似た印象の顔を選び出していった。

ダミー写真の数は全部で千枚近くもあるが、年齢、性別、顔の輪郭、頭髪の色などできっちり分類されている。だから坪井似の写真を九枚ばかりピックアップするのは、それほど手間のかかる作業ではなかった。

和田の家に到着したのは、そのようにして合計十人のラインナップをちょうど完成させたときだった。

「いま手錠を持ってるよね」

車を降りる前、啓子は美樹本にそう訊いた。

「はい」

「そのワッパ、まだ一度も被疑者にかけたことはないんでしょ？」

「ええ」

啓子は美樹本の方へ手首を出した。

「わたしで練習してみな」

美樹本は腰のケースから手錠を取り出し、

「失礼します」

啓子の腕に上から押し当てるようにしてかけた。

「待った。そのやり方はテレビの見過ぎだって。違うでしょ。一昨日の講習会で習ったばかりじゃない」

「そうでした。すみません。やり直します」

今度は最初に手錠を開き、輪の半分に相手の手首を載せたあと、もう半分を上からゆっくり重ねるようにしてかけた。

「そう。もうじき、あんたがそうやって初手錠をかけるチャンスがめぐってくるよ。さっきの坪井にね」

彼が犯人だとの確信が、すでにある。逮捕まで漕ぎつけたら、手錠をかける役目は美樹本にやらせるよう課長に進言してやろう。

和田は自宅にいた。茶の間に通してもらい、啓子はノートパソコンを開いた。

十五インチの画面に、十人分のよく似た顔が二行×五列の形で並んでいる。

「この中に、和田さんが目撃した男はいますか」

和田は画面にぐっと顔を近づけると、

「はい。この人ですね」

ほとんど迷うことなく、画面の一点を指差した。

和田の指先にあるのは間違いなく坪井の顔だった。啓子は美樹本と頷き合った。

「ところで和田さん。視力はどれくらいですか」

啓子がそう訊ねたのは、和田の鼻の付け根に何かを押し当てた跡が二つ付いているのに気づいたからだ。位置からして、眼鏡のノーズパッド跡に違いない。

「どっちも０・２ぐらいですかね」

少し嫌な予感がした。

「すると普段は眼鏡をかけていますよね」

「ええ、かけています」和田はもう一度パソコンの画面に目を近づけ、坪井の顔写真に向かって続けた。「この男を見かけたときも、ちゃんとかけていました」

「でも、先日お会いしたときも、そしていまもかけていませんが、それには何か理由があるんですか」

「まあ、ちょっと」

言葉を濁しながら和田は作業着の胸ポケットを開き、そこから眼鏡を取り出した。

見ると、左のレンズがセロテープで補修されていた。

「農作業中に鎌の刃を当てて、割ってしまったんです。これで人前に出るのは、いくらなんでも格好悪いので、いまは外していたんですよ」

今日、修理に持っていくつもりですけどね。そう付け加えた和田を遮るようにして、啓子は続けて訊いた。

「レンズを割ったというのは、いつの話ですか」

和田は茶簞笥の中から大学ノートを取り出した。開くと鉛筆書きの字が並んでいる。毎日、簡単な日記をつけているようだ。

「六月二十二日の昼ですね」

彼が犯人らしき男を目撃したのは、その夜だ。つまり目撃したときにはすでにレンズが割れていて片方の視力が不十分だった、ということになる。

こちらの不安げな様子を察したか、和田は慌てた様子でノートパソコンの画面を何度も指差した。

「この男の顔は、でも、ちゃんと見えましたよ。もう片方のレンズは正常なんですから」

「そうですよね」

応じた声のトーンがどうしても低くなった。

眼鏡のレンズが片方割れていたという事実は、検察側にとってかなり不利なポイントとなる。まして和田は老人で、しかも目撃した時間帯は夜だった。

弁護人は確実にこの点を問題にしてくるだろう。あとは裁判官と裁判員が和田証言の信憑性をどこまで認めてくれるか、だ……。

先ほど握った拳から、すっと力が抜けていくのを啓子は感じた。

4

【殺人の罪に問われた飲食店経営の男性被告（四〇）の裁判員裁判で、杵坂地裁は二十四日、無罪を言い渡した。この裁判では、目撃証言の信憑性が争点になっていた。＊＊＊＊裁判長は判決文の中で「目撃者の男性の眼鏡は当時、片方のレンズが割れたためテープで補修してあった。この状態では被告人の顔を正確に視認できたとは言えない」と述べた。検察側は「控訴するかどうか検討する」としている】

一審の無罪判決を報じる記事が載った地元紙を閉じたとき、また溜め息が一つ自然と口から漏れてしまった。

　昨日の午後、法廷で啓子もこの公判を傍聴した。

　裁判長の口から「無罪」の二文字が出たとき、坪井の両目が眼鏡の奥でぐにゃりとだらしなく「へ」の字に歪んだ。

　こういう場合、被告人が本当にシロなら「無実だから当然」として、いくらか憤慨の色が顔に混じるものだ。だが坪井の表情は、どこからどう見ても「有罪なのに助かった」といったほくそ笑みでしかなかった。

　自宅キッチンのテーブルで啓子は身を縮めた。九月も下旬になり、急に冷え込む日が多くなっている。これでは体調もいま一つすぐれない。

　スマホを使って、「ダイニングバー・クリフ」のサイトを開いてみる。事件後、逮捕されるまでのあいだ、坪井は相変わらず写真のアップを続けていた。事件前とは変わって、今度はどの写真も眼鏡をかけた姿で写っている。いまこうして見ると、彼の表情にはやがて逮捕されるかもしれないという不安が薄く滲み出ているようにも感じられた。

　スマホをしまい、コーヒーのカップを両手で持った。手の平を温めつつ、出勤の準備をしている菜月の様子を見守る。

「じゃあ、先に行ってるよ。向こうで会おうね」

　今日の午前中は、警察学校で接遇講習の後半に出席する予定だ。菜月がその取材をすることは三か月前から聞いている。

「もう行くの？　ちょっと待ってれば彼氏が来るよ」

美樹本に公用車で迎えに来てもらう予定になっている。

「いいよ。どうせ向こうで会えるし」

そう言い置き、菜月は出ていった。

啓子は朝食のトーストを無理やり口に押し込んだ。歯を磨き終えたとき、外に車が停まる気配があった。

インターホンのボタンを鳴らされる前にドアを開けた。

立っている美樹本の顔を見やる。坪井を逮捕する際に手錠をかける役を果たした弟子の表情も、昨日の判決を受けてきっと冴えないだろう。そう予想していたが、どうやら普段と変わらない様子だ。

「残念でした。あんたの彼女はもう先に出ちゃったよ」

美樹本は眼鏡を外し、レンズを専用のクロスで拭きながら、

「いいですよ。どうせ向こうで会えますから」

先ほどの菜月とほとんど同じ言葉を口にした。

昨夕《ゆうべ》のうちに、下駄箱の上にささやかな花束を用意してあった。白い菊の花だ。切り口を湿らせた綿で覆い、アルミホイルで包んだそれを持って助手席に座る。

今日の足も、前回の研修で使ったのと同じダークグリーンのセダンだ。

「講習会が終わったら足を運ぼうと思っていたけど、まだ時間に余裕があるから、行く途中でち

ょっと寄り道してもらえるかな」

「どこへですか」

啓子は、ある寺院の名前を口にした。片平晃子の墓がある場所だ。そこがちょうど警察学校へ向かう途上だと気づいて、寄ってみる気になったのだ。

朝の通勤ラッシュに引っ掛かり、寺に着くまでに予想以上に時間がかかった。それでも講習会の開始時間まではまだ余裕がある。

持参した花を墓に手向《たむ》け、美樹本と二人で手を合わせた。

――あなたの無念は、もう誰にも晴らせません。本当にごめんなさい。

普段なら被害者の墓参りまではしないが、今回はさすがに申し訳ない思いが強く、こうせずにはいられなかった。

合掌から直り、美樹本に訊いた。「あんた、いま心の中でどんな言葉をお墓にかけた？」

「『しかたありません』です」

「は？」

「だってそうでしょう。ぼくは、地裁の判決をそれほど不当とは思っていません。疑わしきは罰せず、と刑事訴訟法で定められている以上、ちょっとでも証人の視力が怪しいと思ったら、無罪にするしかないですよ。どんな事情があろうと法律は絶対です」

たしかにそうだが、「しかたありません」とはずいぶん冷たい言い草だ。それでも人間か、とすら思う。頭も心も硬すぎる。

「あんたのこと、これからミスター・ジュンポウって呼んであげようか」

「ちょっと変ですが、いいですよ。名前が淳邦ですから」

　そっちの漢字ではない。「遵法」の方だ。

「係長こそ心の中で何て言ったんですか」

「ごめんなさい、って謝ったわよ」

「それはちょっと早いんじゃないでしょうか。だって、検察がこれから控訴するかもしれないじゃないですか。次の裁判までのあいだに新証拠が見つかるかもしれないし、高裁なら和田さんの証言を百パーセント信じてくれるかもしれません。まだ希望を捨てちゃだめですよ」

　たしかに、検察は控訴を検討中と新聞記事にはあった。だがそうではない。実のところ「もし無罪判決なら控訴はしない」と内々に地検から伝えられているのだ。

　これは杵坂署の刑事課では係長以上だけが知る事実だった。今日の午前中、地検から正式に通知が来るだろう。控訴断念となれば、一事不再理の原則で、もう何があっても坪井を晃子殺しの罪に問うことはできない。

　寺を出て警察学校へ向かった。

　車が正門をくぐったとき、スマホが震えた。刑事課長からのメールで、「地検から正式に控訴を断念した旨の通知があった」との連絡だった。

　それを美樹本に伝えてやった。

「そうですか。地検がそう判断したのなら……しかたありません」

晃子の墓にかけたという言葉を、彼は繰り返した。

その口調には、意外なことに、ほんのわずかだが震えが混じっていた。

記憶に間違いがなければ、それは美樹本が初めて見せる感情の起伏だった。運転席の顔を見やると、眼鏡のフレーム越しに、目じりのあたりに薄く涙が滲んでいるのが分かった。

来客用駐車場は、各署から集まった刑事連中の車でほぼ埋まっている。啓子は車窓から空いている場所を探した。

「あそこに停めようか」

二台の大型ワゴンに挟まれた狭いスペースを指差してやる。

「……はい」

少し泣いたためか、美樹本の返事はかすれ声だった。

美樹本は車を斜めにしてブレーキを踏み、眼鏡を外して膝の上に置いた。指でそっと目の下を拭う。そうしてからバックで車を狭いスペースに入れた。

「行きましょ」

啓子が促すと、美樹本は膝の上に置いていた眼鏡を折り畳み、上着の胸ポケットに入れて車を降りた。泣いただけではない。いつの間にか顔色が蒼白になっている。控訴断念の知らせが、それほどまでにショックだったのか。

そのとき、すぐ向かい側の駐車スペースに菜月が立っているのに気がついた。美樹本が駐車する様子をじっと見ていたようだ。

菜月は記者証とデジタル一眼レフのカメラを首からぶら下げている。カメラマンを兼務し、全部を一人で取材するのだろう。

「先に行ってて」

菜月にだけそっと話しておきたいことがあったため、啓子は美樹本の背中を軽く押してやった。

「分かりました」

それが二人で決めている仕草なのか、菜月と美樹本はすれ違いざまに握り拳でタッチし合った。

美樹本が警察学校の建物へ入っていくのを見ながら、その場に残っている菜月に向かって啓子は言った。

「母さんね、あんたたちの結婚に賛成してやってもいいよ」

「へえ、そうなの」

もう少し嬉しい顔をするかと思ったが、菜月の表情はどこか沈んでいた。

「前は渋っていたよね。どうして気が変わったわけ？」

「坪井の裁判でね、検察側が控訴を断念したのよ。さっきそれを美樹本に伝えてやったら――」

彼が少し泣いたことを教えてやった。

「いままで感情の量が少ない変人だと思っていたけど、あの涙を見たら彼もわりと普通なんだなって思えたから、気が変わっちゃったわけ」

「ありがと」

ようやく菜月は笑ったが、それも薄い笑みだった。

接遇講習を受けたあとは自宅へ直帰し、翌日は非番となった。

啓子は階段下の物置に潜り込んだ。最近、家にいるときはよくここの整理をやっている。要らないものをゴミ袋に詰めていると、奥の方から見つかったものがあった。

籐の揺り籠だ。

ただし書類の入った段ボール箱が長いあいだ上に載っていたせいで、圧《お》し潰され、すっかり形が歪んでしまっている。

上質のラタンだから、値段は高かった。歪みを直せば使えそうだ。菜月と美樹本が結婚したら、これがまた役に立つかもしれない。

そんなふうに考えて一度は引っ張り出そうとしたが、結局また奥の方へ押し込んだ。二人の結婚には賛成してやったものの、菜月が自分のもとを離れていくということを、いまはまだ正面から受け止める気になれなかった。

物置から出たとき、ちょうどスマホが着信音を立てた。美樹本からだ。

《お休みのところすみません。明日でいいかとも思ったんですが、やはり係長にとっても大事なことだと考え直して連絡をしました》

いつものように感情の起伏が読み取れないフラットな声だった。

「それでいいよ。ありがとう。で、何があった?」

《はい。実は今朝、能木山に住んでいる和田さんから、再び一一〇番通報がありました》

「今度はどんな」

《片平晃子さんが亡くなったあの崖下で、また新たに別の人が倒れているのを見つけたそうです》

倒れている。ということは、死んだわけではないようだ。

《今回も崖からの転落です。落ちたのは昨晩だと見られています。ただ今回のは他殺ではなく、どうも自殺を図ったケースのようです。倒れていた人の身元が分かったので自宅を調べたところ、テーブルに遺書があったといいますから》

「そうなのね。ところで、その人って誰？」

《坪井建郎です》

5

大きな事件を抱えていないため、午後八時を回った刑事部屋は静かだった。

いま在室しているのは、啓子と、そして隣席にいる美樹本だけだ。

「もう帰っていいんだよ」

強行犯係で今夜宿直するのは啓子一人だけだ。美樹本は当番ではない。

「分かりました」

それが彼の返事だったが、言葉とは裏腹に、美樹本はまだ帰り支度を始めようとはしない。

「何か悩みごとがありそうね。聞いてあげようか」

水を向けてみたが、美樹本は「いいえ、いいです」とだけ答え、視線を下げてしまった。

「こんばんは」

その声のした方へ顔を向けると、一昨日と同じくカメラと記者証を携えた菜月が刑事部屋に入ってくるところだった。

「すみませんが羽角係長」仕事中に顔を合わせたときは、母親をそう呼ぶように申し合わせてある。加えて敬語を使うように、とも。「何か書くものを貸してもらえますか」

「これでいい？」

メモ用紙とボールペンを渡してやると、菜月はそれに文字を書いた。意外にも英語だった。

【It's all my fault. Very sorry. Good bye.】

「係長なら、これをどう訳します？」

「いったい何のゲームよ」

「いいから日本語に翻訳して、その紙に書いてみてもらえませんか」

菜月の記した英文の下にボールペンで和訳の文字を記して渡してやると、菜月はそのメモを着ているスーツの腰ポケットにしまった。

「ありがとうございます。ところで何か新しいネタはありませんか」

啓子は首を横に振った。「残念でした。何もなし」

菜月は美樹本に目を向けたが、彼も黙っている。こっちの目があるところでは、できるだけ菜月と喋らないようにしていることには、前から気づいていた。

「そんなことはないでしょう。無罪判決をもらったばかりの坪井が、昨日、あの崖下で倒れていたじゃないですか」

　坪井はいまも病院のベッドで生死の境をさまよっている。

「あれならもう今日の朝刊ネタにしたでしょ。ただの自殺企図で片付く見込みだし、追加で新しい情報なんて何もないよ」

「どうでしょうか。遺書があったそうですが、そこには何て書いてあったんです？」

「さあね」

【片平晃子さんを崖から突き落として死なせたのはわたしです。裁判では無罪になりましたが、罪悪感に耐えられないため、わたしも同じ場所で命を絶つことにします】

　それが遺書の内容だったが、その文言は記者会見で公表せず、秘密にしてある。

「本当に、本人の書いた遺書なんですか」

「ええ。百パーセント確実にね」

　県警の科学捜査研究所が調べた結果、筆跡は間違いなく坪井自身のものだと断定されている。

「誰かに突き落とされた、というようには考えられませんか」

「誰かって誰よ」

「例えば、法で裁けない悪に天誅《てんちゅう》を下す〝闇の仕置き人〟みたいな人です」

　啓子は鼻で笑った。「あんたもテレビの見過ぎだよ。第一、本人が書いた遺書があるんだってば」

「誰かが書かせたのかもしれません」

「どうやってよ」

菜月はスーツの腰ポケットに手を入れた。取り出したのは先ほどのメモ用紙だった。手で英文の部分だけを切り取り、屑籠に捨てる。そして残りを啓子の机に置いた。

【全て私のせいです。本当にすみません。さようなら】

「ほら、羽角係長の筆跡で遺書ができました」

啓子は美樹本と顔を見合わせた。

美樹本は相変わらずの無表情だ。

「外国語を翻訳させる、っていうのは推理小説でよく使われる遺書トリックです。羽角係長も美樹本さんもご存じでしょう」

「……まあね」

ほかに、犯人が被害者の日記から何から全部自分の筆跡で偽造したうえで、遺書も自らの手で書く、といったずいぶん労力を使う方法も、昔、何かの小説で読んだことがある。

「ですが、これよりもっと簡単なやり方がありますよ」

菜月は右手を上げ、親指と人差し指を立てて拳銃の形を作った。

「銃口を向け、脅して書かせる。これが一番手っ取り早いと思います」

「でも、普通の人が拳銃なんて手に入れられないでしょ。わたしたちみたいな刑事だって自由に携帯できるわけじゃないよ。拳銃の持ち出しは厳しく管理されているんだから」

「本物である必要はありません。実物に見えるモデルガンで十分なんです。犯人が普段から本物の銃を扱える立場にいる人なら」

なるほど。それならたしかに、被害者はそれを偽物だとは思わないだろう。

「でも、普段から本物の銃を扱える立場にいる人って……」

「すぐに思いつくのは、羽角係長や美樹本さんのような人ですね。つまり警察官です」

啓子は、天井の蛍光灯が一つおきに消された薄暗い刑事部屋を見渡した。

警察官が坪井に遺書を書かせ、崖から突き落とした。ありうるかもしれない。だとしたら誰がやった？

杵坂署の面々を思い浮かべる。何よりも自分が犯人でないことは分かっている。そして隣にいる美樹本も。なにしろミスター遵法だ。彼がそんな真似をするはずがない。だとしたら誰だ……。

「この方法なら、遺書を書かせたあとも銃口で脅し続けて、崖へ連れて行って飛び降りさせることも可能ですよね」

そこまで言うと、菜月は立ち上がった。

「あとで電話する」

こちらの耳元にそう囁き、刑事部屋を出ていく。

警察官が坪井に天誅を下したのではないのか――いま菜月が残していったそんな見解のせいで、美樹本とのあいだに気まずい沈黙が流れた。

啓子は黙って机から書類を出した。溜まっていたデスクワークに専念する。

一方の美樹本はと言えば、とっくに帰宅していい時間だが、まだ残っていた。こちらと同じく一応は机上に仕事の書類を広げているが、手を動かすでもなくぼんやりしている。

夜は静かに更けていった。

「係長」

美樹本がぼそりと呟いたのは、それから一時間ほどしてからだった。

「もう一度、練習させてもらえますか」

そう言いながら、美樹本は腰のケースから手錠を出した。

どうも妙な気がしたが、それでも啓子は左の手首を差し出してやった。

この前教えたとおり、美樹本はこちらの手首に輪の半分を下からあてがい、そうしてからもう半分を優しい手つきで上から被せた。

続いて、どういうつもりか、彼は手錠のもう一方を自分の手首に嵌《は》めた。

それって何かの冗談？　そう啓子が目で問うたとき、上着の腰ポケットでスマホが鳴った。

右手で端末を取り出す。菜月からだ。

《美樹本さんは、まだそこにいる？》

啓子は軽くふざけてみる気になった。手錠が嵌《はま》っている方の手を少し持ち上げ、美樹本に向かって、口の前に人差し指を一本立ててみせる。

「いないよ。もう帰った」

嘘の返事をし、スマホをそっと机の上に置いて、スピーカーモードに切り替えた。

美樹本がいないと思い込んだ菜月が、果たしてどんなことを喋るのか。それを美樹本に聞かせたら、彼はいったいどんな反応を示すのか。

《そう。あの人ね、いますごく悩んでいると思う》

「へえ。どんなふうに」

あんたとの恋愛で悩んでるのかな？　そう付け加えて茶化してやろうと思ったが、やめておいた。菜月の口調は真剣だし、美樹本もやけに思い詰めた表情をしているからだ。

《自首するかどうかで》

聞き間違えたのかと思った。

「どういう意味よ、それ」

《だから、自分が坪井を突き落としたことを警察に告白するかどうかで、悩んでいるんだよ、きっと》

「あんた、何言ってるのか自分で分かってる？」

《彼の本心を言えば、このまま刑事を続けたいんだと思う。でも、モデルガンで脅して坪井を殺そうとしたやり方を、さっき目の前でわたしに暴かれたから、たぶん観念して自首するんじゃないかな》

絶句して、啓子は美樹本の方へ顔を向けた。

彼はゆっくりと首を縦に動かした。菜月の言葉を肯定したということだ。

頭が混乱する。

《もしかしたら、一番世話になった母さんに逮捕されたがっているかも》

啓子は、自分と美樹本を繋いでいる手錠に目を落とした。

《わたしも嘘であってほしい。でも坪井に天誅を下した仕置き人は、美樹本さんで間違いないと思う》

二人してこっちを担ごうとしているのか。そうも考えた。しかし菜月はともかく、美樹本は性格からして質《たち》の悪い冗談に手を貸すような人間ではない。

「……でも、待ってよ。あんたの言うことが、まだ信じられない。だって、彼はすごく法律を重んじているんだから」

《知ってる。だけどそんな美樹本さんでも、どうしたって自分の手で坪井を処刑しなければならない場合があるんだよ》

「どんな場合よ、それは」

《実は一昨日の朝ね、警察学校の駐車場で、おかしいな、と思ったことがあったんだ》

菜月の言葉は少し予想外の方へ飛んだ。

話を見失わないよう、啓子は机上のスマホを強く見つめた。

「どんなこと？」

《美樹本さんは車をバックさせるとき、外した眼鏡を顔に戻さなかった》

その場面は自分も覚えている。当時は深く考えなかったが、いまにして思えば不思議だ。なぜ美樹本は眼鏡を膝に置いたまま車を動かしたのか。

あのとき乗っていたダークグリーンのセダンは新車だ。少しでも傷をつけたら、ただでさえ怖い先輩たちから思いっきり雷を落とされる。ならば、どんなに短い距離でも眼鏡なしで運転するはずがない。

加えてあの駐車スペースは、両側に大きなワゴン車が停まっていて狭かったのだ。よけいに慎重なハンドル捌《さば》きが求められる。だから、美樹本の視力なら絶対に眼鏡が必要だったはずだ。

そういえば、車を降りたあとも、美樹本は警察学校の建物に入っていくまで、ずっと眼鏡を外していたままだった。

あのとき、美樹本の目に何があったのか……。

《どうして眼鏡なしでも狭い場所に駐車できたか、分かる？》

ふいに啓子は思い当たった。

「もしかして……コンタクトレンズが出てきたせい？　目の端から」

《そうだと思う》

控訴断念の知らせを聞いて、さすがの美樹本も涙ぐんだ。その拍子に、再び瞳にフィットしたのだ。この三か月ものあいだ、右の眼球のどこかにへばりついて隠れていた異物感ゼロのコンタクトレンズが。

だから眼鏡が必要ではなくなった。いや、もっと正確に言えば、眼鏡とコンタクトのレンズ二つでは右目の度が強すぎて、かけていられなくなった。

眼鏡なしで正確に車をバックできた理由は、おそらくそれしかない。両目のうちどちらか一方さえ正常な視力であれば運転はできる。

しかし、そのことが美樹本犯人説にどう結びつくのか。

啓子の疑問を察したように菜月は続けた。

《「ダイニングバー・クリフ」のサイトを開いてみて》

通話を継続しながら机上のスマホを操作し、菜月の言うとおりにした。

《そこにアップされている写真を古い方から順番に見ていけば分かるけど、事件の前、どの写真でも坪井は眼鏡をしていないよね。でも事件後、逮捕されるまでの写真では、ずっとそれをかけているでしょ》

「うん」

《それを見て、何か気づいたことはない？》

「……ある」

《言ってみて》

「坪井も事件の前は……コンタクトレンズを使っていた」

《そう》

いままで気にも留めなかったことだ。これが重要なことなのか。

《事件の日を境にして坪井が眼鏡に替えたのは、単に気分の問題かもしれない。だけど、コンタクトレンズを紛失したから、とも考えられるよね》

「……うん」

紛失である可能性は高い。

そう言える理由は、坪井の家にあった掃除機だ。ノズルに被せられたストッキング。彼も常々、目からコンタクトレンズを落とすことがよくあったのではないか。室内でそれをやらかした場合は、あの掃除機で捜し当てていたのではないのか。

そして事件の夜も、あの崖の上でコンタクトレンズを失くしていたとしたら……。

——現場から何か見つかりましたか。

事情聴取で彼を訪問したとき、そう勢い込んで訊ねてきた坪井の様子が思い出される。あの「何か」とは、ずばりコンタクトレンズを意味していたのではないか。

崖上の現場からは、はっきりした足跡は採取できなかったが、二人の人物が争った形跡は見つかっている。

借金を断られた坪井は、かっとなって晃子を突き落とそうとし、揉み合いになったのかもしれない。そのとき、例えば晃子の指が坪井の目に当たったとしたなら、コンタクトレンズの落下は十分に考えられる。

啓子は美樹本をもう一度見やった。

彼には、いま自分や菜月が考えていることが全て分かっているようだった。

啓子は目に力を込めて訊いた。この考えは当たっているのか、と。

美樹本は、ゆっくりと頷いた。

少し肌が粟立つのを感じつつ、啓子はようやく理解した。

法を重んじる刑事が、それを破り、自ら仕置き人にならざるをえなかったのはどんな場合なのか。それがいま、はっきりと分かった。

〝自分のせい〟で真犯人を無罪にしてしまったときだ。

6

午後七時を過ぎると、このスーパーマーケットはがくんと客足が少なくなる。値下がりしている生鮮食品がけっこうあるし、レジは空いているしで、買い物をするならこの時間帯が一番いい。

豚のロース肉、玉ねぎ、ピーマン、赤パプリカ、サツマイモ、柑橘類……。

何を食卓に出すかはもう決めてあった。紙を見るでもなく、頭にあるメモのとおり買い物かごに放り込み、無人レジで会計を済ませてから啓子は店を出た。

帰宅し、買ってきたものを料理してテーブルに並べていると、

「ただいま」

菜月が帰ってきた。

冷蔵庫の扉に取り付けた小さなホワイトボードには菜月の字で、

【戻り　21:00】

とある。予告時間どおりの帰宅だ。

二人で食卓についた。

何か物足りないのは、美樹本の姿が欠けているからか。このところは無意識のうちに、どうしても三人で囲む食卓を想像してしまう。

美樹本が逮捕されてから五日になるが、一緒に能木山の現場に向かったときのことを思い返さない日はない。

あの日、崖の上で「また落としたようです」と美樹本は言った。それは勘違いだった。正確にはコンタクトレンズは瞳からズレただけで、目の中に留まっていたのだ。

しかしその直前に一度外れていたため、美樹本はまた眼球から落ちたものだと思い込み、地面を捜した――。

「食べてみると、けっこういけるね」

珍しく菜月は酢豚に手をつけた。

恋人である美樹本が犯した事件で、いまも精神的なダメージは完全には消えていないはずだが、少なくとも母親の前で落ち込んだ様子を見せることは、もうなくなっている。

「でしょ」

啓子はサツマイモの甘煮を口に入れ、また三か月前の光景を思い返した。

美樹本がしゃがみ込み、たまたま捜したその場所が不幸を招いた。雑草の上にコンタクトレンズを見つけたが、それは美樹本のものではなく、坪井が犯行時に落としたものだった。

まさかそうとは思いもしない美樹本は拾い上げ、ティッシュに包んでポケットに入れてしまった。そうして犯人の特定につながる遺留品を現場から持ち去り、以後は眼鏡だけを使い続けた。そんな部下のミスを目の前で見過ごした自分の迂闊《うかつ》さには、いまでも猛烈に腹が立ってしょうがない。

「こっちもどうぞ」

フルーツを盛り合わせた皿を菜月の方へ軽く押してやる。すると娘はそれにも手を伸ばし、普段はほとんど食べないグレープフルーツやキウイを次々と頬張っていった。

隠れていたコンタクトレンズが移動して、瞳の上に戻ってきたのは三か月も経ってからだった。その瞬間に美樹本は自らが現場で犯した重大なミスに気づいたものの、もはや手遅れだった。すでに検察は控訴を断念し、一審の判決は確定、坪井は一事不再理という法律の壁に守られてしまっていた。

自分は美樹本を誤解していたかもしれない。彼は頭や心が硬すぎたのではなく、正義感が強すぎたのだ。だからこそ法律を重んじ、逆にそれを破ってまで仕置き人にならざるをえなかった。自分のミスを帳消しにするためではなく、正しいことを貫くために、彼は犯罪に手を染めてしまったのだと思う。

逮捕された美樹本はいま連日、検察官の取り調べを受けている。幸い坪井は一命を取り留めたから、〝人殺し〟の汚名を背負うことはないだろう——。

啓子は、菜月が食べ終えた皿を見渡した。

もしかしたら、と思ってこのような献立で試してみた。結果は予想したとおりだ。

酢豚にピクルス、もずく酢、グレープフルーツ、キウイ……。菜月が食べたものは、以前の嗜好とは打って変わって見事に酸っぱいものばかりだった。

ふう、と菜月は天井を見上げて息をつき、

「ごちそうさま、もう入らない」

無邪気に腹部を撫でている。

美樹本の目に三か月もコンタクトレンズが入っていたことはすぐに見抜いたくせに、自分の体内に宿ったものの存在には、あろうことか、まだ気づいていないようだ。

啓子も箸を置いた。

父親は美樹本で間違いないだろう。だとするなら、生まれてくる子の父は犯罪者ということになってしまう。

それを憂いつつも、ふと考えた。

物置の奥に一度は押し込んだあの揺り籠を、やはり明日にでも引っ張り出して修理に出しておこうか……。

黄昏の筋読み

1

視界の左端を何やら白いものが横切っていった。

そんな気がしたため、左側へ顔を向けてみると、たしかに小さくちぎった紙片のようなものがひらひらと浮いている。

モンシロチョウだ。

小さな白い蝶はやがて、庭先に植えたカーネーションの花で羽を休めた。

そこまで見守ってから、羽角《はずみ》菜月《なつき》は家のドアを開けた。

「ただいま」

居間に入ると、彩弓《あゆみ》がテーブルに向かっていた。画用紙を広げ、色鉛筆を使って絵を描いている。

「おかえり」

挨拶の言葉こそ返してよこすが、娘はテーブルに向けた顔を上げようとしない。

菜月は彩弓の背後から画用紙を覗き込んだ。そこに描かれているのはキジトラの猫だった。学校の近くにいる野良だろう。

この春、小学二年生になった彩弓は、帰宅するといつも、登下校の途中で見かけた生き物を描いている。

菜月も椅子を引き、娘の隣に座った。

「上手だね」

世辞ではなく本心だった。全体的に線は歪んでいるが、細部の表現は見事だ。たしかにキジトラの猫ってこういう毛をしているよな。そう感じさせる絵になっている。

記憶力のなせる業《わざ》だろう。直観像の持ち主とまでは言えないと思うが、目にしたものをかなり正確に記憶する能力が、この子には備わっているようだ。

「今日の帰り道で出会ったのは猫だけ？」

彩弓は首を横に振り、色鉛筆を持ち替えた。今度は黄色と黒を使って、空いているスペースに別のものを描き始める。それは数字の８を横に倒したような形をしていた。

蝶らしい。色が黄と黒であるところを見るとアゲハか。

彩弓はそれを、猫の胴体ぐらいの大きさで描いている。このスケール感は、たぶん興味の度合いを反映しているのだろう。動物よりも昆虫の方がもっと好きなのだ。

壁にかけたデジタル式の時計がピッと音を立て、午後四時になったことを告げた。

「ママもね、さっき庭先で蝶々を見かけたよ」

まだ四月末だが半袖でも過ごせるぐらい、今日は気温が高かった。虫の動きも活発になるわけだ。

「あれはモンシロチョウだったな」

彩弓は返事をしない。何かに夢中になると周りを遮断してしまうのはいつものことだ。

やがて色を塗るところがなくなってきたらしく、色鉛筆の動きが鈍ってきた。

邪魔をしないように黙っていた菜月は、そのタイミングを捉えて口を開いた。

「今日、学校で何したの」

「いろいろ」

「何を教わってきた?」

「算数とか」

「楽しいことはあった?」

「うん」

「どんな」

「手品」

「今日もやってもらったの。よかったね」

彩弓のクラスを受け持っている若い男性教師はマジックが得意で、授業中にそれを披露しては教え子たちを楽しませているようだ。大学生のときサークル活動でやっていたらしい。

「どういう手品だった? やり方を覚えてる?」

「うん」

「じゃあママの前でも、それをやってみせてくれない？」

彩弓は手にしていた色鉛筆を差し出した。アゲハ蝶の羽を塗るのに使っていたもので、色は黄色だ。

「これ、どこかに隠して」

そう言って椅子から立ち上がる。

「隠したら呼んで」

彩弓は居間を出て隣のキッチンへ行くと、ドアを閉めた。

菜月は音を立てないように注意しつつ、黄色の鉛筆を戸棚の中に隠してから、

「もういいよ」

キッチンに向かって声をかけた。

彩弓が居間に戻ってきた。まず何を始めるかと思ったら、さっきまで猫と昆虫の絵を描いていた画用紙を丸めて円筒形にしている。そして一方の端を自分で持ち、もう一方の端をこちらへ突き出してきた。

「そっちを持って」

菜月は言われたとおりにした。

「ママが先になって、部屋の中を歩いて」

「歩く？」

「そう、ぐるぐるって」

「ああ、とにかく歩き回ればいいのね」

「うん、ゆっくりね」

菜月は足を踏み出した。彩弓がその後ろからついてくる。二人の手は丸めた画用紙で繋がっている。

その状態で、居間の中をあちらこちらへとランダムに歩き回っていると、やがて、

「もういいよ」

彩弓がそう言ったため、菜月は足を止めた。

「で、何をしようっての」

「当てる」

「当てるって、色鉛筆のありかを？」

彩弓はこっくりと頷く。

「じゃあやってみて。どこ」

そのとき、インターホンが鳴る音がした。

居間の壁に取りつけてある室内親機のモニターを見やると、そこに映っているのは年配の男性だった。

上條《かみじょう》澄男《すみお》だ。道路を挟んで東向かいに住む男だった。

「あゆ、出てもらえる？」

素性の知れた訪問客なら彩弓に応対させることにしていた。この子はどうもコミュニケーショ

ン能力に難があるようだから、少しでも他人と会話する訓練をさせなければならない。

彩弓が小走りに玄関へ出ていく。

「やあ、あゆちゃん、こんにちは」

「お向かいのおじさん、こんにちは」

菜月は居間にとどまったまま、玄関から聞こえてくる声に耳を澄ました。

東向かいの木造二階家は、しばらく空き家になっていた。三年ほど前、そこに夫婦で引っ越してきたのが上條だ。元は県庁の職員で、定年退職してから十年ほどになるらしい。

彼の妻は腰痛を患っていて、ときどき寝込んでしまうこともあるようだ。夫の澄男が献身的に生活の介助をしている。長い付き合いではないが、何しろすぐそばで向かい合って住んでいるのだから、それぐらいのことは知っていた。

「久しぶりだね。元気にしていたかい」

「はい。さっきまでお絵描きしてました」

「ほう。今日は何を描いたの」

「猫とチョウチョ」

「そうかい。蝶々はどんな種類かな？」

「アゲハ。一匹だけ見つけたの」

「そうかい。それはよかった。でもあゆちゃん、蝶の場合はね、『匹』じゃなくて『頭《とう》』って数えるんだよ」

彩弓は上條によく懐《なつ》いている。母親が相手のときよりもちゃんと喋るし、口調も明るいことが、それを証明している。

タイミングを見計らって菜月も玄関へ出ていった。

「こんにちは、上條さん」

実際に向き合って初めて気づいたが、上條は何か隠し持っているらしく、両手を背中の側に回したままにしている。

「あ、菜月さん。もう帰っていましたか。早いですね」

「はい。うちの新聞社も、近頃やっとフレックスタイム制というものを導入しまして」

今日の労働時間が短かった分、明日は早く出社しなければならないのだが、そんな余計なことまでは伝えなくてもいいだろう。

上條は後ろに回していた両手のうち、まず右手を前に出した。そこにあったのは回覧板だった。

「はい、これママに渡してね」

それを片手で彩弓に渡す。

菜月は彩弓から回覧板を受け取った。

上條の年齢は七十歳ぐらいのはずだが、動きはきびきびしている。それ以上に若々しいのは服装だ。下は敢《あ》えてダメージを施したジーンズ。七十代でこれを穿いている人を見たのは、たぶん初めてだと思う。もっと強烈なのは羽織っているジャケットで、色が真っ赤だった。

続いて彼は、左手も前に出した。

「ほら、お土産だよ」

その手に持っていたのは小さな虫籠だった。中に入っているのは、いま話題にしたばかりの虫、蝶だ。羽の色が紫で、菜月の目にはあまり見かけない種類に映る。

「これはね、ヤマトシジミという種類なんだよ」

上條も彩弓が生き物好きであることを知っているから、虫を捕まえては、ここへ持ってきて彩弓に見せてくれる。去年は蟬や蜻蛉《とんぼ》をよく娘にプレゼントしてくれた。

「これもあゆちゃんにあげよう。でも虫籠に入れておくとすぐに死んでしまうから、十分に観察したら、今晩のうちに逃がしてあげるんだよ」

上條にとって昆虫採集は少年時代からの趣味らしい。そう本人の口から聞いたことがあった。仕事を引退したいまも熱中していて、早朝から車に乗って虫捕りに行くこともあるようだ。

回覧版を届けに来ただけなら、郵便受けに入れていけば済む。わざわざインターホンを鳴らしたのは、捕まえたヤマトシジミなるこの蝶を、彩弓にあげようと思ってのことだったようだ。

「向かいのおじさん、ありがとう」

「どういたしまして。もっと別の虫を見たいかな？」

「うん」

「じゃあ、また捕ってきてあげるね。今度は何を見たい？」

「チョウチョ」

「やっぱり蝶がいいのかい。分かった。捕まえたらまた見せにくるね」

「いっしょに行きたい」

「いっしょに？　虫捕りにかい」

「うん。虫の捕り方、教えて」

「それはかまわないけれど、まずママのお許しをもらわないとね。行ってもいいかどうか、お母さんに訊いてごらん」

　菜月が同意してやると、

「じゃあ、五月に入って最初の土曜日あたりはどうかな」

　すかさず上條が言うので、菜月は頭の中で自分のスケジュール表を開いた。

「すみません、その日は、ちょっと用事がありまして」

　母親の啓子《けいこ》は、県警を定年退職したあと再任用され、引き続き杵坂《きねさか》署の刑事課に勤務している。後輩の指導が主な仕事らしい。退職時に警視だった階級は、一つ下の警部へ戻されてしまった。とはいえ、本人は降格などにまるで頓着せず、淡々と仕事を続けている。いまは他県警に出張中で、帰ってくるのは金曜日だ。翌日の土曜日になったら、一家三人で彩弓の服を買いにデパートへ出かける。そんな予定を組んでいた。

「じゃあ、その次の日、日曜日では？」

「それなら大丈夫です」

「よしきた。出発時間は午後一時でいいかな」

「承知しました」

虫捕りの日程がとんとん拍子で決まった。どうせ社交辞令だろうと思って同意したのだが、虫好きの意識はまったく違っていたらしい。

やれやれと正直なところ面倒に思いつつ、そんな気持ちが顔に出てしまうのをごまかすため、菜月は訊いてみた。「この蝶は、どこで捕ったんですか」

「あっちの公園です」

上條は南の方角へ首を捻ってみせた。ここから一キロばかりのところに市が管理している緑地公園がある。そこを指しているらしい。

「虫捕りもそこでやるのがいいと思います。わたしの車で行きましょう」

緑地公園には駐車場も整備されている。

「ですって。分かったね、あゆ。お向かいのおじさんから、ちゃんと捕り方を教えてもらってくるんだよ」

「駄目。ママも一緒に来るの」

彩弓が袖を引っ張ってくる。こうなったら聞き分けがない。

「じゃあ、わたしもついて行っていいですか」

「もちろんです。いっそのこと、菜月さんのお母さんも誘ったらいかがでしょうか、警部さんも」

警部さん。県庁という、役職や階級がものを言う場所で仕事をしてきたせいか、上條は啓子に対してそんな呼称を使う。

「はい。母はいま出張中ですが、金曜日には帰ってきますので、話しておきます」

「お願いします」上條は後ろに下がって玄関ドアを開けた。「それじゃあね、あゆちゃん。また何か捕まえたら持ってきてあげるよ」

「ありがとう」

「朝早くしか活動しない虫もいるかもしれない。だから今度は、暗いうちから網を持って出かけていこうと思ってるんだ。楽しみにしててね」

「うん」

「では失礼します」

上條を見送り、菜月は彩弓と一緒に居間へ戻った。

テーブルの上に放り出された丸まった画用紙。それを目にして、上條の訪問を受ける前に何をしていたのかを思い出した。

「それで、あゆ。色鉛筆の場所は？」

「あそこ」

彩弓が居間の一方へ向かって腕を伸ばしてみせる。

小さな指先は真っ直ぐ戸棚に向けられていた。

2

目が覚めたとき、室内はまだ薄暗かった。

彩弓が隣に寝ているはずだが、その気配がない。

上半身を起こしてみると、娘は東側に向いた窓のところにいた。カーテンの隙間に顔を突っ込んでいる。外を見ているらしい。

彩弓はときどき早朝に目が覚める。そして何をするでもなく、いまそうしているように、窓から外を見ていることが多かった。

枕元の時計を見ると、時刻はまだ午前五時前だった。二度寝をする余裕はある。

ふたたび目をつむった。しかし、なぜか眠気は訪れない。

しかたなく菜月もベッドを抜け出し、

「おはよう」

娘の傍らへ立った。

ここは二階だ。東側に向いたこの窓からは、ちょうど上条家の車庫が見える。

「いつから起きてたの？」

「三十分前」

彩弓は、幼稚園児のころにはすでに時計の針を読むことができていた。

「ちょっと外を歩こうか」

五月に入って最初の金曜日。四連休の初日だが、自分には仕事がある。娘と一緒にできるのは朝の散歩ぐらいだ。

二人で外へ出た。緑地公園のある南の方角へ向かって歩き始める。娘を連れた朝の散歩なら、だいたいいつもこのコースだ。

今日も暖かい一日になりそうだった。

歩きながら、また蝶を見かけた。緑地公園が整備されてからというもの、虫が多くなったのを感じる。去年から今年にかけてはかなりの暖冬だったせいもあるのだろう。越冬虫の生存率が例年になく高いようだ。

ふらふらと飛び去って行く蝶を目で追いながら、菜月は彩弓に訊いてみた。「お祖母《ばあ》ちゃんが恋しいでしょう」

彩弓は少し唇を尖らせながら頷いた。

「喜んでいいよ。今晩、やっと帰ってくるから」

そう言った直後、菜月は歩速を落とした。

昇り始めた太陽の逆光で見えにくいが、ここから十数メートルほど先の路肩に、何か大きなものが落ちている。

もしやと思い、彩弓の手を引いて駆け寄った。

思ったとおり、それは横になった人間だった。

男だ。仰向けの状態だから、顔が見えている。年齢は三十代の半ばといったところか。着ているものは上下とも黒いランニングスウェットだ。

「どうしました。大丈夫ですか」

声をかけても反応がない。

「意識があったら返事をしてください」

今度は肩を軽く叩いてみたが、やはり反応は皆無だ。腹部は微動だにしていない。つまり呼吸が止まっているということだ。

「こっちを見ちゃだめ。向こうを向いてて」

彩弓に言いつけ、菜月はスマホを取り出した。

警察と消防に連絡し、改めて男の様子を観察する。

いったい何がこの人に起きたのか。それを知るための手掛かりはないか。目立つ外傷などは――。

すぐ目についたのは、下顎から首にかけて、皮膚の色が青黒く変色していることだった。一見大きな痣《あざ》のようだが、目を近づけてみたところ、どうやら擦《さつ》過《か》傷《しょう》らしいと見当がついた。

ほかに特徴はないか。そう思いながら、男性の穿いているウェアを観察すると、右の膝頭が少し白くなっていることに気づいた。細かい砂が付着しているせいだ。

菜月は立ち上がった。

男性には気の毒だが、記者にとっては、この事態は特ダネだ。

ショックを受けている様子の彩弓を男性から遠ざけ、正面から抱いてやりながら、自分の新聞社に第一報を入れる。そして印象が強烈なうちに音声メモを残しておくことに努めた。

「天気は晴れ、時刻は午前五時七分、日が昇って間もない時間帯。場所は＊町二丁目の狭い道路。車がやっとすれ違えるぐらいで車線もない。片方は背の高いフェンスで、もう片方は空き地……」

現場へやってきたのは警察よりも消防が先だった。こんな時間帯だが、医師が救急車に同乗していたため、その場で男性の生死を確認することができた。

警察が到着するころには死亡と断定され、消防車がそのまま帰っていく。

代わって杵坂警察署が、変死体事件としてこの事態を扱うことになった。

菜月が署員に発見時の経緯を話し終えると、その署員は、こちらが啓子の娘だと知り、パトカーで家まで送りましょうと申し出てきた。

断ろうと思ったが、彩弓が死体を見てショックを受けている様子なので、その言葉に甘えることにした。

少し手前で降ろしてもらい、自宅の前まで歩いて戻ったところ、向かいの家から水を使う音がした。

上條が庭先で車を洗っている。

いつもと違って顔つきが険しい。妻の腰痛が悪化し、一昨日入院したと聞いている。そのせいだろうか。

挨拶をすると、上條はすぐ表情を穏やかなものに戻した。

「あの、もしかして明後日《あさって》の予定は延期した方がいいでしょうか」

妻の入院を気遣って、菜月はそう言った。

上條は何のことか分からない様子だった。しばらくして、

「ああ、虫捕りですね」

そう思い出し、頭を搔いた。

「いえ、予定どおり行きましょう。家内のことでしたら心配には及びません。お医者さんと看護師さんに面倒をみてもらって、病院でほくほくと暮らしていますよ。残った我々も楽しまないと損だ」

「そうですか。ではよろしくお願いします」

彩弓を連れて家に入った。もう出勤しなければならない時間だ。

「留守番を頼んだよ。困ったことがあったらママの携帯に電話してね。緊急のときは、お向かいのおじさんに助けを求めるの。いいね」

そう彩弓に言い置いて、新聞社に出勤した。

当然、第一発見者である菜月が、男性変死事件の担当者として取材にあたることになった。

まず明日の朝刊向けに記事を書いたあと、今度はこちらから警察へ取材に出向く。

杵坂署は午前中のうちに、死んだ男の身元について把握していた。

植中史行《うえなかふみゆき》。三十五歳。独身。地方銀行の行員で、融資の仕事をしていたという。

植中が住んでいる家の近隣住民の証言によると、早朝にジョギングするのが彼の日課だったらしい。

植中は地面に転倒し、縁石に後頭部を強打したようだ。死因は脳挫傷だと思われるが、事故か他殺か、あるいは自殺かは、司法解剖を待たなければ分からない、とのことだった。

3

慌ただしい一日を終え、午後九時過ぎに帰宅すると、居間から声が漏れてきた。出張から戻った啓子が、孫と話をしているようだ。

菜月は部屋に入らず、廊下に立ったままドア越しにその声を立ち聞きしてみることにした。

「お祖母ちゃんとかくれんぼしようか」

啓子の声がそう言った。

かくれんぼは彩弓が好きな遊びだ。夕食を食べたあと、よく三人でそれをしている。啓子が上手な隠れ場所を彩弓に教えてやって、菜月が鬼になって捜し回る。啓子が黙ってそれを見物している——というのがお決まりのパターンだ。

「いい」

それが彩弓の返事だった。

「いいって、かくれんぼしてもいいの、しなくてもいいの。どっち」

「しなくてもいい」

娘の様子が普段と違う。かくれんぼの誘いを断ることなど、いままでなかったのに。

菜月はドアを開けて居間に入った。

「ただいま」

出張から帰ってまだそれほど時間が経っていないらしい啓子も、ただいまと同じ言葉を返してよこした。

啓子の隣に座っている彩弓の顔を、菜月は立ったまま観察した。

自分にはあまり似ていない。

父親である美《み》樹《き》本《もと》淳邦《あつくに》にもだ。

彩弓の祖母である啓子の面影も感じられない。

強いて言えば亡父、つまり啓子の夫にして彩弓の祖父にだけは少し似ているようだ。

「もう寝なさい」

娘に命じ、彩弓が居間を出ていくと、菜月はキッチンへ向かった。

「あんたも大変だったわね」

こちらの背中にかけられた啓子の声には、疲労の色が濃く出ていた。それも当然か。出張から杵坂署に戻ってみたら変死体騒ぎが待っていて、その第一発見者が自分の娘と孫だったのだから。

ノンカフェインの紅茶を淹れながらテーブルを見やると、啓子が作ってくれた夕食が載っていた。

彩弓が食べ終えた皿には、人参とピーマンの炒め物が多く残っている。これは娘の嫌いなものだからまだ理解できるが、好物のハンバーグも半分しか食べていないのが気になった。

紅茶の入ったカップを持って居間に戻った。

菜月は座らず、啓子の背後へ回った。母の肩を揉んでやることにする。

「ありがと。——彩弓はちょっと元気がないみたいね」

「うん、植中さんていう人の遺体を見て、ショックを受けたんだと思う」

啓子の肩はかなり凝っていた。

「そういえば母さん、明日の夕方、予定どおりで大丈夫？」

彩弓の服を買いに行く件だ。

「うん、行けるよ」

「でも、そんな暇ある？」

「ある。出張から帰ったばかりだから、明日と明後日は無理してでも休めって課長に言われてるのよ。——あんたの方こそ休めるの？」

「大丈夫。取材は後輩に引き継いできたから」

「そう。で、わたしがいない間、どんなことがあった？」

「いろいろあったよ。まず大事なのは、今朝の騒ぎのことだよね。母さんはもう報告を受けていると思うけど、一応わたしの口から改めて知らせておくね」

彩弓が早く起きて窓の外を見ていたこと、散歩に行って遺体を見つけたことなど、一連の経緯をざっと啓子に伝える。

「なるほど。よく分かった。ほかには？」

「彩弓がね、ちょっと面白い手品を披露してくれたよ」

丸めた画用紙を握って、色鉛筆の隠し場所を当てた話をしてやった。

「ふうん」

啓子は驚いたふうではなかった。

そう、よく考えれば、あれは単なるメンタルマジックの一種に過ぎないのだ。隠し場所の近くでは、どうしてもそこを意識して、筋肉に余計な力が入る。すると手に握った画用紙の筒も微妙に動く。手品を行なう術者は、それを感じ取ればいいだけのことだ。いわゆる読筋術というやつで、ちょっと練習すれば誰だってできる。元刑事である啓子は読心術のエキスパートだ。読筋術も読心術とほとんど同じようなものだから、この程度で驚くはずがない。

「それから、向かいの上條さんが来てくれたよ。ヤマトシジミだっけかな。そんな名前の蝶を捕まえて、彩弓に持ってきてくれた」

「じゃあ、あとでお礼をしなきゃ」

「そのときあの人、真っ赤なジャケットを着ていたっけ。あんな服どこで買ったんだろうな。――それはそうと明後日の昼間、彩弓を連れて上條さんと緑地公園まで虫捕りに行ってくるね。彩弓が蝶の捕まえ方を教わりたいというものだから。よかったら母さんも一緒にどう？」

「そこまでは遠慮しておく。もう歳だからね。そんな体力ないって」

しばらくは無言で肩を揉み続けた。

「菜月、あんた、もの欲しそうな顔してるわね」

「どういう意味」

「何か情報をちょうだい、って顔してる。今朝の事件について、記事になるネタが知りたいんでしょ」

図星だった。だが——。

「ちょっと待って。物欲しそうな顔って言うけど、わたしは母さんの後ろに立っているんだよ。どうして表情が分かるわけ？」

「あんたの指の動きで、何となく分かるのよ。それこそ、彩弓がやってみせたっていう手品とまったく同じね。あんたは意識したつもりはないだろうけど、いまいろいろ教えてくれた話題のうち、事件の話をしたときだけ、指先から伝わってくる力の具合が違っているんだもの」

4

土曜日、予定どおり夕方から三人でデパートへ向かった。

エレベーターを待っているあいだ、啓子が彩弓に向かって手を伸ばした。

「お祖母ちゃんと手をつなごうか」

彩弓が頷き、啓子の手を握る。

エレベーターに乗った。このデパートの子供服売場は四階にある。紳士服と同じフロアだ。

エレベーターはガラス張りだ。いま外側には、黄昏《たそがれ》どきの街の風景が広がっている。

二階を通過したあたりで、菜月のスマホが鳴った。ほかに客がいないため応答し、相手と短い通話を交わした。

「誰からだった？」と啓子が訊いてくる。

「後輩の記者から」

植中の事件を引き継いでもらった後輩だ。今日は現場付近の住宅を一軒ずつ回らせ、目撃者探しに奔走してもらった。昨日の早朝、あの現場付近にいた人なら誰でも、考えられるかぎり探し出し、話を聞くようにと頼んできたのだ。

そのように説明してやると、啓子は呆れ顔を作った。

「人使いの荒い先輩だこと。それに、やってることは警察と一緒ね。記者も楽じゃないわ。——それで？」

「成果なし」

自分で口にした一言に、思わず溜め息が出た。

エレベーターが四階に到着した。扉が開く。この位置から見て、フロアの手前が紳士服売場、奥が子供服売場だ。

彩弓の歩調に合わせて、ゆっくりと歩きながら、啓子が言った。

「あんたの筋読みは？」

昨晩その口から何も情報を得ることはできなかっただけに、ここで母が事件の話に乗ってきたことが、ちょっと意外だった。

それはともかく、今回の事件についても啓子がいろいろ知っていることは間違いなさそうだ。仕事は後輩の指導だから、直接捜査にあたることはもうないはずだが、やはり常に刑事部屋に身を置いていれば、情報はいやでも耳に入ってくるものらしい。

菜月は口を開きかけたが、その前に啓子は手をつないでいる彩弓の方へ顔を向け、

「筋読みっていうのはね」

そう説明し始めた。

「例えば、彩弓は昨日の朝、倒れている人を見つけて驚いたでしょ」

「……うん」

「あの人がどうしてあんなことになっちゃったのか、その背景にある事情を推理すること。これを刑事用語で筋読みというの」

「もっと言うとね」菜月も付け足してやることにした。「筋読みは証拠に基づく推理というより、想像を働かせて作ったストーリーといった意味合いが強い言葉なの。『見立て』ともいうんだよ。新聞記者の中にも、この言葉を好んで使う人がいる」

普通の小学二年生なら、こんな大人の話など理解できず、退屈してグズり始めるところかもしれない。だが彩弓は別だ。いつまでもおとなしく聞いている。そして内容も驚くほどよく理解しているのが常だ。

啓子が再び視線を送ってきた。

「わたしの筋読みはね――」

菜月はスマホを取り出した。

気の毒とは思いつつ、実はあの現場では、このスマホで植中の写真も撮っていた。新聞記者の習性で、手が勝手に動いてしまったのだ。

彩弓の目に触れないよう、その画面をそっと啓子に見せながら、

「最初は交通事故だと思ったんだよね。植中さんは路肩に倒れていたから。彼の着ていたランニングスウェットには反射材がついていなかった。それに色は黒だったし。ああいう格好で暗いうちから細い道を走っていたら、車に接触されても不思議じゃない。運転手からは見えづらいからね。でも――」

画像を拡大し、首の擦過傷をアップにする。

「わたしはこれが気になった。こういう傷は、車にぶつかってできるものじゃないと思う。人間の手じゃないとつけられないよ。これ、けっこう太いワイヤーのようなもので、首を絞められたってことでしょ。だから、やっぱり他殺だと思う」

ますます彩弓には聞かせたくない話になったため、ぐっと声を潜めた。店内のＢＧＭやアナウンスのボリュームがけっこう大きいせいで、声量の調節が難しい。

「通り魔的な犯行という線も捨てきれないけど、普通に考えるなら、犯人は相手を植中さんと知って狙ったんじゃないかな。被害者は銀行の融資係でしょ。こういう場合、よくあるのは――」

ここで菜月は言葉を切って立ち止まった。

気になるものが目に入ったからだ。

菜月は、紳士服売場の一角に立つマネキンを指差した。正確に言えば、その等身大の人形が着ている服——真っ赤なジャケットを、だ。

「これだ、上條さんが着ていたのとまったく同じ服だよ。そうか、ここで買ったんだ」

啓子は「そうなの」と呟いただけだった。こんな話題には関心がないのか、別のことを考えているらしく、返事はどこか上の空といった感じだ。

「よくあるのは、顧客とのトラブルというケースだよね」

菜月は再び歩き出しながら話を戻した。

「資金繰りに困った中小企業の事業主あたりが融資を願い出る。だけど植中さんは金を貸さなかった。そして事業主の恨みを買った——ってところじゃないかな」

そんなことを話しているうちに、子供服売場に到着した。

「どんな服がいい？　自分で選んでみたら？」

啓子がそう言い、先ほどからずっと握っていた彩弓の手を離した。

けっこう品揃えの豊富な売場だ。ずらりと並んだ初夏用の子供服を眺めながら啓子は言った。

「なるほど、よく分かった。それがあんたの筋読みね。——でも、おかしくない？」

「どこが」

「状況からして、植中さんはジョギングをしていたんだよね」

「うん」

「じゃあ、わざわざ犯人は、標的が走っているところを狙って、後ろからワイヤーで首を絞めようとした、というわけ？」

「そこなんだけど」

菜月は、もう一度スマホで写真を開いた。

「ほら、下のウェアを観察すると、細かい砂がついたらしく、右膝だけ白くなっているでしょ。これ、どういうことだか分かる？　左足のシューズの紐が解《ほど》けたんだよ。それを結ぶためにうずくまった。すると右膝を地面につくかたちになるよね。つまり植中さんは紐を結び直すためにジョギングを中断していた。犯人はそこを狙ったんだと思う」

啓子はにやりとした。

「へえ、膝の砂埃に気づいたの。だったら少しは褒めてやってもいいかな。でも、あんたの筋読みにはやっぱりまだ穴がある」

「どこによ」

菜月はむきになった。

「いまの見立てをおさらいすると、つまりこうなるよね。犯人は植中さんのジョギングコースで待ち伏せしていた。そして横から飛び出して太いワイヤーで首を絞めようとした。そのときたまたま標的の靴紐が解けて、うずくまってくれたので、さらに狙いやすくなって犯行を決行した、と」

そのとおりだ。

「だけど、そんなに都合のいいタイミングで紐が解けたりする？」

「まあ、不自然と言えばそうだけど……」

「そしてもっと肝心な点は、そもそも犯人が身をひそめる場所なんてあったか、ということね」

菜月は現場を思い起こした。片方は背の高いフェンス、もう片方は空き地だった。たしかに、隠れて待ち伏せができるような場所ではない。

「つまり、残念だけどあんたの筋読みはまるで外れってこと」

啓子に冷ややかな口調でそう言われたとき、そばにいた彩弓がこちらを見上げてきた。娘の前で恥をかかされた。そんな気がして胸がざわつく。

啓子は体の前で腕を組んだ。

「昨日の晩、肩を揉んでもらったお礼として特別に教えてあげる。被害者の植中さんていう銀行員ね、すごく顧客に親切で、誰かの恨みを買うような人ではなかったのよ。仕事上だけでなく私生活の部分についても、いまのところ彼を殺す動機を持っていそうな者は一人も見つかっていない」

「……そうなんだ」

「ねえ、これがいい」

気がつくと、いつの間にか彩弓は、小さな手に自分で選んだ服を持っていた。

試着してみたところ、サイズも彩弓の体にぴったりだった。

「よく似合ってるじゃない」

啓子も気に入ったため、その服を買って売場を後にする。

「何か食べていく?」

床を指差して菜月は言った。このデパートの地下階は飲食店街になっている。

しかし啓子は首を横に振った。

「もう一個所、寄るところがある。彩弓もちょっとお祖母ちゃんに付き合ってね」

啓子は再び孫の手を引き、階段の方へと歩き始める。

向かったのは一つ上の五階だった。テントやら釣り具やらが並ぶ、アウトドア用品の売場だ。

そこで啓子が手にしたものは捕虫網だった。丸い枠の部分を手で確かめ、できるだけ頑丈そうな一品を探しているようだ。

「これがいいかな」

柄の部分がアルミ製で、何段階かに伸縮できるタイプだった。

「えっ、母さん、それを買うの?」

「そう。気が変わった。わたしも明日、あんたたちと一緒に虫捕りに行く」

5

約束は午後一時だが、上條を待たせては失礼だからと、その少し前に三人そろって家を出た。

昨日、啓子がデパートで買い求めた捕虫網は、彩弓が手にしている。

青空には薄いベールのような雲がかかっていて、日差しもそれほど強くなく、公園で過ごすにはちょうどいい日和《ひより》だ。

自宅の門から道路を挟んだ向かいの家を見やると、上條もちょうど玄関から姿を現したところだった。

挨拶をしながら近づいていき、入院した妻への見舞いと今日の礼のつもりで菓子折を渡す。

上條は恐縮した様子でそれを受け取ったあと、彩弓が手にしているものに目をやった。

「おや、いいものをお持ちだ」

「母が買ったんです。気合が入っていますよ」

上條が運転席に座り、菜月が助手席に、啓子と彩弓が後部座席に座った。

「この前も思いましたが、目の覚めるような色ですね、そのお召し物」

上條は今日も赤いジャケットを羽織っている。

「さすがに恥ずかしいんですが、歳を取ると、どうしても薄汚く、みすぼらしげに見えてしまいますんでね。そこで思い切って明るい色調のカラフルな服装をするように心掛けているんです。それに赤は、アゲハ蝶が好む色でもあるんですよ」

緑地公園まで、車なら五分とかからなかった。

数年前に整備された公園だ。広さは野球場二つ分程もあるか。ゴールデンウィーク中の行楽日和とあって、駐車場は半分以上埋まっている。

車を降り、公園の方へ歩きながら菜月は、啓子が急にこの虫捕りに参加する気になった理由を考えた。クールに装ってはいるが、啓子は彼女なりに、孫といい関係を築こうとして必死なのかもしれない……。

芝生敷きの広場に出ると、上條は植え込みの近くに立ち、

「ちょっとこっちに来てごらん」

彩弓に手招きをした。

「例えば花に留まっている蝶を捕る場合、注意しなければならないのは風向きなんだ。鉄則は風下から、だよ」

上條は自分の捕虫網を彩弓に持たせ、風下に移動させた。

「風を受けながら網を近づけてやると、ふわっと網が膨らむだろ。だから蝶を傷つけることなく採集できるんだ」

なるほどと思い、菜月も啓子が買った捕虫網を手にし、彩弓の隣に立った。

「じっとしている蝶がいたら、背後からなるべくゆっくりと網を近づける。足音を立てないようにしてね。そして蝶が舞い上がる瞬間を待ち、その方向に合わせて、下から上に掬《すく》う。――こんなふうにだ」

上條は自分でやってみせた。上手《うま》いものだ。

「反対に、飛んでいる蝶に対しては、前から網を差し出す方がいい。いずれも、蝶が網の中に入ったなと思ったところで、さっとひっくり返すのがコツだよ。そうすれば網の口が塞がれるから、

蝶は逃げられなくなる」

　これも巧みな手際で実演してみせる。

「そうしたら、静かに網の口を地面に置いて、蝶を取り出す。このときも蝶を傷つけないように、まず二枚の羽を網の上から片手でつまむ。そうしてから、もう一方の手を網の中に入れて、羽をつまみかえて取り出す。——ほら、こんな具合だ」

　教えられたとおりの方法でやってみたところ、三十分もしないうちに菜月は五頭を、彩弓は三頭のアゲハを捕まえることができていた。

　そのあいだ啓子はといえば、近くのベンチに座り、被ったキャップの下から、じっとこちらの様子を見ているだけだった。捕虫網を買う意欲は見せたくせに、実際にそれを使ってみる気はないようだ。

　菜月は啓子の座っているベンチへ向かった。

「母さんも捕まえてみなって」

「じゃあ菜月、それを貸してごらん」

　啓子が手を伸ばしてきたので、捕虫網を渡してやった。

「いま上條さんに習ったコツをわたしにも教えて。どうするの?」

「まず風下に立つんだよ」

「風下ね」啓子が西側へ何歩か移動した。「それで?」

「そうすると、ふわっと網が膨らむから、あとは蝶をその中に入れるだけ」

「なるほど、こうか」

啓子が意地悪な顔で、白い網をこちらの顔に被せてきた。

「ちょっと、母さん、ふざけないで」

怒ったふりをして菜月は啓子に詰め寄ると、彩弓は小さく笑い声を上げた。

ただ一人、上條だけは声を発しなかった。どことなく表情を硬くしている。捕虫網でふざけた真似をされたことが、昆虫好きとして受け入れられなかったのかもしれない。

そのとき急に日が翳《かげ》った。気がつくと、いつの間にか上空は黒い雲に覆われ始めている。

「じゃあ、ちょっと早いですが」そう言って啓子は上條の方へ顔を向けた。「もう帰りましょうか。下手をすると雨が降ってきちゃいそうですから」

「そうですね。あゆちゃんも疲れてしまったようですし」

帰途では、寝てしまった彩弓を抱いて菜月が後部座席に乗った。代わって助手席には、啓子が捕虫網を持ったまま座る。

上條が車をスタートさせると、ほどなくして啓子が言った。

「上條さん、窓を開けてもいいですか」

「どうぞ」

啓子はパワーウインドウのスイッチを押しながら、わずかに首を捻《ひね》り、

「菜月、今日はいろいろ教えてもらってよかったね」

背後にそう声をかけてきた。

「最後に、わたしからも一つ伝授してあげようか。こういう虫の捕まえ方があるのよ」

啓子は窓から捕虫網を少しだけ出してみせた。

「邪道かもしれないけど、こうして車の窓から網を外に突き出して、虫がいそうな場所を走り回るってわけ」

なるほど。その方法なら、効率よく捕まえられるかもしれない。

「でも母さん、そんなことをしたら危ないんじゃない。もしかしたら何かの法律に触れるかも」

「そう、道路脇にいる人に網がぶつかるおそれがあるからね。例えば、こういう事故が起きるかもしれない。――日が昇る前、まだ暗いうちからジョギングしている人がいた。シューズの紐が解けたので、その人は路肩にうずくまった。そこにサイドウインドウから捕虫網を突き出した車が来た。するとどうなるか」

話は思わぬ方向へ転がった。

「菜月、答えてみて」

「……紐を結んで起き上がった瞬間に、車から突き出た網に体がぶつかるかも」

「そう。体じゃなくて、顔がすっぽりと網に入ってしまった、という事態もありえるよね。わたしがふざけて菜月にやったみたいに」

啓子はサイドウインドウから網を引っ込め、さっきこちらに向かってそうしたように、今度は自分の顔を網の中に入れてみせた。

「こんな具合にさ」

「……うん」

「もしこういうかたちになったら、ジョギングをしていた人の顔は網の金属製の枠に引き摺られる。すると下顎から首にかけて擦過傷がつく。その人はそのまま後ろに倒れて、後頭部を路面か縁石で強打し、脳挫傷で死亡する。こういう事態は十分に考えられる。でしょ？」

「……植中さんのケースを言っているんだよね」

「まあね」

あの銀行員は、そのようにして死んだ、ということか。

「植中さんの場合、実は運転手も気の毒だったと思う。彼のランニングスウェットは上下とも黒で、反射材もついていなかった。だから日が昇る前で辺りが暗ければ、うずくまっているのに気づかなかったのも無理はない」

啓子の話は納得できるものだった。植中の死亡状況と照らし合わせても矛盾がない。

彼の首に擦過傷を作った凶器は背後から忍び寄ってきたに違いない。そのように確信しきっていたから、まさかそれが正面から襲ってくる場合もあるなどとは、これっぽっちも考えていなかった。

「でしょ。そう思わない？　菜月」

納得はしたものの、盲点を突かれた思いに打ちのめされ、菜月は返事をする余裕を失っていた。できたのは、固唾を飲んで啓子の筋読みを聞くことだけだった。

もう一人、車内には自失状態の者がいた。上條だ。

バックミラーを介して表情を窺うと、啓子の話を耳にした向かいの隣人は、息を詰め、顔を蒼白にし、小刻みに震えさえもしていた。

6

夕食後のキッチンで、菜月は彩弓の食器を手にした。ハンバーグはもちろん、人参とピーマンの炒め物もきれいになくなっているのを確かめてから、それを食洗機に入れる。

全ての食器をセットし、洗剤を入れて食洗機を始動させたあと、キッチンの窓を少し開けてみた。

東向きの窓から、道路を挟んで上條の家が見えている。

明かりはついていない。無人のようだ。

まだ病院にいるらしい妻は、夫が逮捕されたことを知ってどうしているだろう。いや、病状を配慮して、夫の件は周囲が伝えないようにしているのかもしれない。

上條が杵坂警察署に自首してから三日が経っていた。

一緒に虫捕りに行った日の彼の様子は、いまもよく覚えている。緑地公園から戻る車中では運転しながら顔が蒼白になっていた。だが自宅に着いたときには一転し、その表情には安堵の色が広がっていた。

彼は啓子に向かって深々と頭を下げて言った。

――羽角警部、ありがとうございます。おかげで決心がつきました。これから自首します。妻に心配をかけたくなくて迷っていましたが、これで踏ん切りがつきました。植中さんという人を死なせてしまったときから、ずっと苦しんでいましたので、警部さんのおかげでやっと楽になれます。彩弓ちゃんによろしくお伝えください――。

窓を閉めたとき、隣の居間から、彩弓が忍び足で出ていく気配があった。

啓子は隠れ場所としてどこを指示したのだろうか。

菜月は今日もノンカフェインの紅茶を二人分淹れ、リビングへ入っていった。

彩弓を捜しにいくのは、啓子と一緒にこれをゆっくり飲み終えてからでいいだろう。そう考えながら、菜月は啓子の向かい側に座って口を開いた。

「彩弓が残さず食べるようになってほっとした。あの金曜日以来、どうも元気がなかったから。その理由は、植中さんの遺体を見たからだと思っていた。でもそれ以上に、上條さんが植中さんを死なせた犯人だって気づいていたからなんだね」

「でしょうね」

頷いて啓子は紅茶を啜《すす》った。

迂闊《うかつ》だった。後輩の記者とも協力し、目撃した可能性のある人間をしらみつぶしに探すつもりでいた。肝心な人物を一人すっかり忘れたまま。

その人物とは、暗いうちから起きて外を見ていた彩弓だ。

自分の娘は犯罪に関わらせたくない。そういう意識が働き、目撃者である可能性を頭から排除してしまっていた。これでは新聞記者失格だ。

あのとき、彩弓は上條の車が帰ってきたのを見たのだと思う。人を死なせたに違いない事故を起こし、憔悴した様子で車から降りてきたであろう上條自身の姿をも。

勘の鋭い子だ。その後、植中の遺体を見たとき、ピンときたはずだ。上條が事件に関係しているのではないか、と。

事故を起こしてしまったのは、自分に見せる虫を捕まえるためだった、ということもだいたい理解したかもしれない。

そもそも元から上條は、彩弓にとって大好きな向かいのおじさんだから、口に出せなかった。それで一人で悩みを抱え、元気も失っていたのだ。

紅茶を飲み終え、菜月は立ち上がった。

「じゃあ、彩弓を捜しにいくかな」

「しっかりね」

「違うよ。今日は母さんもわたしと一緒に動くんだよ」

「動いてどうするのよ。わたしが彩弓に隠れ場所を指示したんだから、鬼になる意味がないじゃない」

「鬼になれって言ってるんじゃないの」

「じゃあ何になればいいわけ？」

「家の中をぐるぐる歩いてくれればいい。こうして」

菜月は啓子に向かって手を出す。

「ほら、早く」

こちらの意図を察したらしく、

「ああ、そういうことね」

にやりと笑って啓子は手を握ってきた。

歩き始めてすぐ、菜月は目を閉じた。

「ゆっくり歩いてよ。こっちは前が見えないんだから」

啓子の手。その指と手の平の筋肉がどう動くかをしっかり感じるには、雑念を振り払う必要がある。

居間から廊下に出て寝室、トイレ、仏間、物置と、部屋という部屋の前をくまなく歩いて玄関まで行く。

一階にある部屋の前を全て通り過ぎたあとは、階段を上り、二階でも同じようなことをした。

母に手を引かれながら、改めて考える。

啓子は、植中を死なせたのが上條であると正確に推理した。そして捕虫網を使い、上條の起こした事故の様子を再現するかたちでカマをかけ、彼の心理的な動揺を誘った。

そして上條は啓子の狙いどおり観念し、自首したわけだ。

問題は、どうやって推理しえたか、ということだ。上條が犯人かもしれない。そう啓子が当たりをつけることができたのは、なぜなのか。

それがずっと謎だったが、いま実験してみて、ようやく分かった気がする。

家の中をくまなく回ってから、菜月は言った。

「彩弓の隠れた部屋はね、たぶんこっち」

向かった先は、父の仏間だった。

先ほど、握った啓子の手に最も強く力がこもったのがここだったのだ。

デパートに行ったときも、啓子は彩弓と手をつないでいた。だから啓子には見当がついたのだろう。植中を死なせたのが上條だと。

四階でエレベーターを降りる際、こちらのスマホに後輩記者から連絡があり、啓子とのあいだで事件のことが話題になった。

このやりとりは彩弓も聞いていた。そのとき、啓子は握った孫の手に強い反応を感じたのだと思う。

そこから啓子は、彩弓が事件について何か知っているのではないかと疑い始めた。

だから母は、エレベーターを降りたあとも、事件について話を続けた。さらに孫の様子を、握った手を通じて観察しようとしてのことだ。

すると彩弓が反応した場面はもう一度あった。紳士服売場のマネキンが着ていた真っ赤なジャケットを目にしたときだった。そうして啓子は上條の関与を疑うに至ったのではないか。

今回の事件に限っては、〝筋読み〟とは、刑事用語のそれではなく、手の平や指の微妙な動きを読む、〝読筋〟術のことだったと言えるかもしれない。

そんなことを思いながら、菜月は仏間を開けた。

たぶん啓子は押し入れの中にでも隠れているように指示したのだろうが、その途中で力尽きてしまったらしい。

父の仏壇の前、そこに置かれた座布団の上で、彩弓は静かに寝息を立てていた。

初出　「小説推理」

「緑色の暗室」　二〇二一年十二月号

「球形の囁き」　二〇二二年四月号（「青の囁き」改題）

「路地裏の菜園」　二〇二二年八月号

「落ちた焦点」　二〇二二年十二月号（「歪な揺り籠」改題）

「黄昏の筋読み」　二〇二三年四月号

長岡弘樹◆ながおか ひろき

1969年山形県生まれ。筑波大学第一学群社会学類卒業。2003年「真夏の車輪」で第25回小説推理新人賞を受賞。05年、単行本『陽だまりの偽り』でデビュー。08年「傍聞き」で第61回日本推理作家協会賞短編部門を受賞。同作を表題とした短編集は45万部を超えるベストセラーとなる。13年『教場』が「週刊文春ミステリーベスト10」で第1位に。著書に「教場」シリーズや、『殺人者の白い檻』『緋色の残響』『切願 自選ミステリー短編集』など多数。

球形《きゆうけい》の囁《ささや》き

2023年8月21日　第1刷発行

著　者——長岡弘樹

発行者——箕浦克史

発行所——株式会社双葉社
東京都新宿区東五軒町3-28　郵便番号162-8540
電話03(5261)4818〔営業部〕
03(5261)4831〔編集部〕
http://www.futabasha.co.jp/
(双葉社の書籍・コミック・ムックが買えます)

DTP製版—株式会社ビーワークス

印刷所——大日本印刷株式会社

製本所——株式会社若林製本工場

カバー印刷——株式会社大熊整美堂

落丁・乱丁の場合は送料双葉社負担でお取り替えいたします。
「製作部」あてにお送りください。
ただし、古書店で購入したものについてはお取り替えできません。
［電話］03-5261-4822（製作部）

定価はカバーに表示してあります。

ISBN978-4-575-24659-9 C0093

長岡弘樹　好評既刊　双葉文庫

緋色の残響

刑事にしてシングルマザーである羽角啓子と、新聞記者志望の娘、菜月。その菜月が通っていたピアノ教室で生徒が急死した。菜月のある行動によって死の真相が明らかに（表題作）。『傍聞き』で圧倒的な存在感を放った母娘コンビが活躍するシリーズ第一弾！